蝋面博士

横溝正史

角川文庫
23329

目次

蝋面博士

ぶきみな老人

きょうは一月の十五日。一年じゅうでいちばん寒い季節だが、きょうの寒さはまたかくべつで、お昼すぎになっても、寒暖計の温度は、0度からいくらもあがっていない。空はどんよりナマリ色にくもって、東京じゅうが、灰色にこおりつき、街路樹には氷の花がキラキラとひかっていた。

午後四時ごろ、新日報社の御子柴進少年は、社の用事で、有楽町から日比谷の方角へ、自転車を走らせていた。

進は、新日報社の給仕だが、〝探偵小僧〟というあだ名があるくらい、ミステリー小説が好きなうえに、いままでに、たびたび探偵事件で手柄をたてたこともある。

進は、ほっぺたをまっ赤にふくらまし、かじかんだ手でハンドルをにぎりしめ、それでも元気に口笛をふきながら、自転車のペダルをふんでいる。

うっかりすると、こおった街路に自転車のタイヤがスリップしそうで、あぶなっかしくてしかたがない。

そろそろラッシュアワーなので、町はそうとう混雑していたが、どのひとも寒そうにコートのえりに首をすくめている。

進も、手がちぎれるようだった。

とつぜん、ゆくてにあたって、ものすごい物音と、ひとの叫び声がきこえたので、進がひょいと首をもちあげると、いましも日比谷公園の北がわの道で一台のトラックが、道ばたの街燈にぶつかったところであった。おそらくこおった道にトラックのタイヤがスリップしたのだろう。

ところが、さわぎは、まだそれだけでは終わらなかった。むこうから走ってきた、もう一台のトラックが、いきおいあまって、まえのトラックのよこっぱらへ、もうれつな勢いで、ぶつかったからたまらない。

街燈にのりあげて、まごまごしていたトラックが、ものすごい音をたててはんぶん横にかしいだかと思うと、上に積んであった大きな木箱が、はじきとばされたように、トラックから落ちてきた。

「こら！　気をつけろ！」

「なにを！　てめえこそまごまごしているからだ！」

幸い、のっているひとにけがはなかったらしく、運転手と運転手が、はげしくののしりあいはじめたので、たちまち、アリのようにやじ馬がむらがり、警官が警棒をにぎってかけつけてきた。

進も、新聞社の給仕だから、こんな事件をみのがしはしない。自転車をはやめてその場へかけつけると、ちょうどそのとき、横にかしいだトラックの運転台から、奇妙なひとが、ノコノコおりてきた。

そのひとの顔は、まるでろうざいくのお面のようだった。ひたいもほっぺたもまっ白でつるつる光り、それでいて、あごにはヤギひげを、鼻の下には口ひげをはやしている。口ひげもあごひげも、ごましおまじりの灰色なのだ。

目には度の強そうな鼻めがねをかけ、シルクハットにえんび服というしいでたちが、まるきり奇術師かなにかのようだった。

おまけに、そのひとは、ひどく腰が曲がっているのである。そのために銀製のにぎりのついた、ふといステッキをついているのだが、そういうひとが、ノロノロと運転台からおりてきて、そわそわとあたりをみまわしながら、道にころがっている大きな木箱のほうへ、歩みよっていくのをみたとき、進はなにかしら、ゾーッとつめたい水でもあびせられたような、恐ろしい気がしたが、それこそ虫のしらせというのだろう。このぶきみな老人こそ、のちに世間をさわがせた、蝋面博士そのひとだったのだ。

蝋人形の死体

さて、ぶきみな蝋面博士は、大きくさけた木箱をみると、ちょっとなかをのぞいていたが、そのまま、こそこそとやじ馬のあいだをかきわけて、いずこともなく立ち去っていく。

それを見て、

「おや？」

と、首をかしげたのは進である。ふしぎに思って、木箱のそばへかけよると、これまたなかをのぞいていたが、なにを見たのか、ギョッとばかりに息をのむと、あわててやじ馬のあいだをかけぬけた。

と、見れば、いまぶきみな蝋面博士がタクシーを呼びとめ、のりこむところだ。

「ちくしょう。逃げるんだな」

進は、警官に注意しようと、二、三歩あともどりをしかけたが、そのとき、自動車が走りだしたので、

「しまった！　ぐずぐずしていたら逃げてしまう。こうなったらしかたがない。ひとつじぶんがつけてやろう」

と、そこは新日報社の探偵小僧とひとに知られた進のことだ。とっさのあいだに心をひきしめると、いそいで自転車にとびのって蝋面博士の自動車をつけだした。

さて、いっぽうこちらは警官である。そんなこととは夢にもしらず、衝突(しょうとつ)した二台のトラックの運転手をとり調べている。

「それじゃ、その老人にたのまれて、あそこに落ちている木箱を、はこんでいく途中だったんだね」

「そうです。そうです。なんでも芝(しば)までいってくれ、むこうへいったら、あらためてゆ

く先をしらせると、お金を先にはらってくれましたので……」

「ところで、その老人はどうしたんだね？」

「へえ」

運転手はふしぎそうに、あたりを見まわしながら、

「わたしよりひと足先に、運転台からおりましたが、あの木箱を調べているんじゃありませんか？」

「しかし、どこにもすがたが見えないじゃないか」

「変ですねえ。どこへいったんでしょう」

運転手と警官が、キョロキョロとあたりを見まわしているときだった。

「アッ、こ、この蝋人形(ろうにんぎょう)のなかには、ほんものの人間がはいっている！」

と、さっきから、木箱のさけめからなかをのぞいていた会社員らしい男が叫(さけ)んだので、おどろいたのは警官と運転手だ。

「な、な、なんだって！」

あわてて木箱のそばへかけよったが、見ると、大きくさけた木箱のさけめからのぞいているのは洋服すがたの女の蝋人形だったが、さっき木箱がはじきとばされたひょうしに、蝋人形の手首のうしろがはげおちて、その下からあらわれたのは、なんと、人間の……紫色をした女の手首ではないか。

「あ、こ、これは……」

警官は思わずうしろへとびのくと、あわてて運転手の腕をつかんだ。

「いったい、これはどうしたんだ。あの蝋人形のなかにはいっているのはだれだ！」

警官にきめつけられて、運転手はまっさおになってふるえている。

「いいえ、わたしはなにも知りません。きょう、気味の悪いおじいさんが、うちの会社へやってきて、トラックを一台よこしてくれというので、わたしがいっしょにいったんです。へえ、月島のほうのさびしい家でした。そこからこの木箱を積んで、さっきもいったとおり、芝までやってくれというので、ここまでやってきたんです。芝のどこへはこぶつもりだったのか、またあのじいさんが、どこのなんという男か、わたしはなにも知らないんで……」

運転手は、ガタガタふるえていたが、あとでわかったところによると、この運転手のいうことには、すこしもうそはなかった。

このトラックは月島の近所にある、トラック会社のものだったが、そこへ、蝋面博士のような顔をした、ぶきみな老人がやってきて、あの木箱をはこぶようにたのんだのだが、さて、その老人というのが、どこの何者だということは、だれひとりとして知る者はなかった。

そして、この事件こそは、のちに世間をおどろかせた、蝋面博士の奇怪な蝋人形事件のはじまりだったが、それにしても蝋面博士のあとをつけていった進は、あれからどうなったであろうか。

さびしいアトリエ

短い冬の日も暮れやすく、あたりはもう黒いビロードのような闇につつまれて、空には星が、こおりついたように光っている。

おりおり身をきるようなこがらしが、すっかりはだかになった雑木林を、ザワザワとさわがせてすぎてゆく。

そこは都心からかなりはなれた高井戸のほとり、武蔵野のおもかげをのこした雑木林を背にして、一軒のアトリエが建っている。

アトリエのまえは、どこかの会社のグラウンドになっているから、五百メートルほどのまわりには、家は一軒もない。

蝋面博士をのせた自動車が、そのアトリエのまえに着いたのは、もうかれこれ六時ごろのこと。博士はここへくるまでに、三度も自動車をのりかえている。いうまでもなく尾行をまくためだ。

蝋面博士をおろした自動車の運転手が、気味悪そうに身ぶるいしながら、いそいで立ち去るのを見送ったのち、博士はコツコツと門のなかへはいっていった。門といってもかたちばかりの、石の柱が二本立っているきりだ。

門のなかはひどい荒れよう。冬のことだから、雑草は生えていなかったが、手いれのゆきとどかぬ雑木がさむざむと立ちならび、アトリエの壁もボロボロだ。

蝋面博士は弓のように曲がった腰で、でこぼこの敷石をふみながら、アトリエの入り口に近づくと、ポケットから、カギ束をとりだして、ドアをひらいた。

それから、もう一度用心ぶかく、あたりを見まわしたのち、スルリとアトリエのなかへすべりこむと、なかからピタリとドアをしめた。やがて電燈のスイッチをひねったのだろう。アトリエの屋根の明かりとりから、ボーッとほのかな光が空にむかってなげだされた。

と、このときである、イヌのように地をはいながら、スルスルとこのアトリエのまえへ近づいてきた影がある。いうまでもなく探偵小僧、御子柴進少年だった。

進は日比谷から、しゅびよくここまでつけてきたのだ。二時間ちかくも東京じゅうをひっぱりまわされたので、ペダルをふみつかれた足が、棒のようになっている。

進は門柱の陰に身をひそめて、しばらくなかのようすをうかがっていたが、やがて、物陰をたよりながら、門のなかへしのびこむと、音もなくアトリエのほうへ近よった。

と、このとき、アトリエのなかからきこえてきたのは、ささやくような低い声。どうやら蝋面博士の声らしい。

「ウッフッフ。どうだな田代くん。だいぶきゅうくつな目をさせたな。それに腹もへっているだろう。どれ、そのまえにさるぐつわをとってあげようか」

進は、どこかにのぞくところはないかと、いそいであたりを見まわしたが、窓という窓には、厳重によろい戸がはまっていて、どこにものぞく、すきまはない。

「ウーム」

といいう、うめき声がきこえてきたので、思わずハッと耳をすませる。どうやらさるぐつわをはずされたらしいのだ。

「おい、蝋面博士。このぼくを、いったいどうしようというのだ」

そういう声は、まだ若い男のようだ。すこしふるえをおびている。それにつづいて蝋面博士の、低いぶきみな笑い声がきこえたかと思うと、

「どうするものか。わしの秘密を知った田代信三、生かしておいてはじゃまになるから、殺して蝋人形にしてしまうのだ」

田代信三……ときいて、進は、またギョッとして息をのみこんだ。

蝋人形日記

進のつとめている新日報社にたいこうする大新聞社、東都日日新聞社に田代信三というベテラン記者のいることを、進は、よく知っている。いや、知っているばかりではなく、たびたび会ったこともある。

ひょっとすると、いま蝋面博士にとらえられている田代信三というのは、東都日日新聞の、あのベテラン記者ではあるまいか。

進が胸をドキドキさせながら、なおも耳をすましていると、はたしてかれの想像のとおりであった。

「ああ、残念だ。せっかくきさまの秘密をさぐりだし、東都日日の特ダネにしようと思っていたのに、こうしてとらわれの身となって、いまにきさまに殺されるのか」

ギリギリと歯ぎしりするような声である。

「そうとも、そうとも、わしの秘密を知ったやつは、かたっぱしから殺して、こうして蝋人形を作るのじゃ。それがわしのなによりのたのしみでな。ウッフッフ」

ゾーッとするようなぶきみな笑い声だ。

「おのれ、ワアッ、だれか……助けてくれえ……」

ドタバタとあばれるような音がきこえていたが、やがて、ドサリと音がした。

「ウッフッフ、もろいやつだ。どれ、じゃまがはいらぬうちにろうを煮よう」

ああ、もう一刻もゆうよはできない。

このとき、ふと目にうつったのは、かたわらの松の大木。その枝の一つが腕をさしのべたようにアトリエの屋根の上にはりだしている。

やっと目をつけておいた枝にたどりつき、下を見ると、明かりとりの天じょうのガラスを通してアトリエのなかが手にとるようにみえる。

進の目にうつったのは、ブリーフ一つのはだかで、うつむけに倒されている男のすがただった。そのそばに西洋のふろのような大きな釜がすえてあり、その中に、なにやらフッフッたぎりたっている。

ああ、あのたぎりたつ釜のなかへなげこまれたら、田代記者の命はない。

進は、あまりの恐ろしさに、

「アッ、だれかきてえ。人殺しだッ……」

と、むちゅうになって叫んだが、そのひょうしに、枝がポッキリおれたからたまらない。進のからだは屋根のガラスをつきやぶって、まっさかさまにアトリエのなかへ落ちていった。

それからいったい、どれくらい時間がたったのか。床へ落ちた瞬間、気を失った進が、ふと目をひらくと、あたりはまっくら。上をみるとガラスのこわれた天じょうから星が光っているのがみえた。そのうちにふと、ろうの煮えるにおいに気がついて、ハッとさっきのことを思いだした。

ああ、田代記者はどうしたのか。蝋面博士はどこにいるのか。

進はゾッとするような恐ろしさに、あわてて床の上に起きなおる。

幸い、腰がすこし痛いくらいで、たいしたけがはしていないらしい。

進は、胸のポケットから、万年筆がたのちいさな懐中電燈をとりだすと、ソッと、ボタンを押してみる。

こしょうはなく、ほのじろい円光があたりを照らしだした。

そのうちに、ふと目にうつったのは、床に倒れている田代記者だ。

ああ、それでは田代記者は、まだ蝋人形にされなかったのか。それにしても蝋面博士はどこにいるのか……。

進は、こわごわあたりをみまわしたが、蝋面博士のすがたはどこにもみあたらない。ソッとはだかの男のそばへよってみた。懐中電燈で顔を照らすと、まぎれもなくそれは、東都日日新聞の田代記者だ。

「田代さん、田代さん」

小さい声で呼びながら、進は田代記者をゆすぶったが、田代記者は返事もしない。しかし、死んでいるのではない。かすかながらもいびきがきこえる。

田代記者は、蝋面博士に、眠り薬をかがされてしまって、こんこんと眠っているのだ。

進は、いよいよ気が強くなってきたので、なおもあたりをみまわしているうちに、目についたのは、壁のスイッチだ。

さっそくそれをひねると、すぐパッと明るい電燈がついたが、そのとたん、またギョッとして息をのみこんだ。アトリエのすみに、ギリシャの彫刻のようなはだかの男の蝋人形が倒れていた。

たぶん、いま進が落ちてきた地ひびきで倒れたのだろうが、倒れたひょうしに、肩から腹へかけてはがれたろうの下から、ぶきみな色をしてのぞいているのは、なんと人間の腕ではないか。

「キャーッ！」

進は、悲鳴をあげてとびのいたが、そのひょうしに、なにやら足にさわったものがある。ひろいあげてみると、それはポケットがたの小さな日記だ。

　表紙をひらくと、第一ページに書いてあるのは、「蝋人形日記」――。

　ああ、それでは、これは蝋面博士が落としていったものにちがいない。進は、しめたとばかりポケットにねじこむと、アトリエから外へとびだして、声をかぎりに呼ばわった。

「人殺しだッ！　だれかきてえ……」

探偵小僧VS田代記者

　そのよく朝、新日報をよんだひとびとは、アッとばかりに肝をつぶした。

　進の叫びをきいて、かけつけてきた警官が調べてみると、アトリエのすみに立っている蝋人形のなかには、男の死体がふうじこめられていたのだ。

　こうして一日のうちに、その死体もふくめて蝋人形にされた三つの死体が発見されたのだから、ひとびとがふるえあがったのもむりはない。

　東都日日新聞の田代記者は、かけつけてきた医者のかいほうによって、あけがた正気にかえったが、その話によるとこうである。

　いまから一年ほどまえに、蝋人形にされた女の変死体が発見されたが、そのときはとうとう犯人がわからなかった。

　田代記者はそれいらい蝋人形事件の調査をつづけてきたが、ちかごろ目をつけたのが、丸ビル五階に事務所をもつふしぎな老人である。

　その老人は、みずから蝋面博士と名のって、蝋人形をあつかうのを商売にしている。

　田代記者はこの老人のあとをつけまわしているうちに、つきとめたのがあのアトリエだ。そこで老人のるすをねらって、アトリエへしのびこみ、蝋人形を調べているところへ、帰ってきた蝋面博士のために、ぎゃくにとらわれの身となったのである。

　警視庁では等々力（とどろき）警部が主任となり、それっとばかり丸ビルの五階をおそったが、むろん、蝋面博士が帰ってくるはずはなかった。

　そのうちに、三つの死体の身もとがわかったが、なんと、それは殺されたものではなく、病院からぬすみだされた死体だったのだ。

　それにしても蝋面博士は、なんだってそんな気味の悪いいたずらをするのだろう。なにかしら、これがもっと恐ろしい事件の前ぶれになるのではないか。

　それはさておき、他の新聞にさきがけて、この大事件をすっぱぬいた進は、山崎編集局長からたいへんほめられたが、それにつけても思いだすのは金田一耕助（きんだいちこうすけ）のこと。

　金田一耕助というのは、日本でも一、二といわれる名探偵で山崎編集局長の友だちなのだが、あいにくと、いまはアメリカを旅行ちゅうで、あと半年しなければ帰ってこない。

いままで耕助とともにはたらいて、多くの手柄をたててきた進は、

〈こんなとき、金田一先生がいてくれたらなあ〉

と、ため息をつかずにはいられない。

そういう進のところへ、ある日、たずねてきたのは東都日日新聞の田代記者だ。

新日報社と東都日日新聞は、いつもしのぎをけずっているのだが、その競争紙の花形記者が、進をたずねてきたのは、このあいだの礼をいうためだった。

「やあ、探偵小僧、ありがとう。おかげで命が助かったよ」

「いやあ、そんな礼にはおよびませんよ。でも田代さんはすごいなあ。まえから、蝋面博士に目をつけてたんだもの」

「ところで、探偵小僧、おまえ、あのアトリエで手がかりのようなものをつかんで、かくしているんじゃないのか」

田代記者にずぼしをさされて、探偵小僧はギクッとした。進はアトリエでひろった日記を、警官にも渡さずかくしているのだ。

「ねえ、山崎さん、さすが金田一先生のおしこみだけあって、進くんは、ぬけめがないんですよ。せっかくぼくが特ダネにしようと思ってねらっていた蝋面博士の事件を、あとからでてきて、すっぱぬいちゃったんですからね」

「アッハッハ、しかし田代くん、そのおかげで命が助かったのだからいいじゃないか」

「でも、こんどは、もう負けませんぞ。アッハッハ」

長身やせがたの田代記者は、わだかまりのない笑い声をのこしてたち去ったが、それいらい田代記者と探偵小僧のはげしい競争がはじまったのだ。

三階売り場の怪人

警視庁では等々力警部が中心となり、やっきとなって蝋面博士のゆくえをさがしていたが、かいもく手がかりもつかめぬうちに、半月とたち、ひと月とたち、二月十八日の夜のこと、銀座にある松葉屋デパートの三階で、またもや妙なことが起こったのである。

店員がみんなひきあげて、一つ一つ電燈がきえていったあとのデパートの内部ほどさびしいものはない。

階段の上に、ほのぐらい電燈がついているだけで、あとはまっくらななかに、婦人服や子ども服を着た人形が、ニョキニョキ立っている気味悪さ。

夜、十時ちょっとまえ、いましもガードマンのくつ音の遠ざかりゆくのをききすまして、三階のトイレからしのびでた影がある。

あやしい影は、やがてソッと子ども服売り場にしのびこむ。

階段のそばをよこぎるとき、チラとそのすがたが明かりのなかにうきだしたが、なんとそれは探偵小僧の御子柴進少年ではないか。

あらかじめ、目をつけていたとみえて、子ども服売り場にしのびこんだが、そのとき、いったん下へおりていったくつ音が、あわただしく階段をかけのぼってくるのがきこえた。

進は、子ども服売り場の台にとびあがり、そこにならんでいる、子ども服を着た人形のなかにまじって、人形のように身をかたくする。と、そのとたん懐中電燈を片手にもったガードマンのすがたが、三階の入り口にあらわれた。ガードマンは入り口に立ったまま、あやしむように売り場のなかをのぞいていたが、

「たしかに、なにか物音がきこえたようだが……」

とつぶやきながら、売り場のなかへはいってくる。それを見ると、進の心臓は、早がねをうつように鳴りだした。

いまここで、ガードマンにみつかってしまったら、どろぼうとまちがえられてもしかたがない……。

ガードマンは、とうとう子ども服の列のまえまでやってきた。そして、進のすぐ目の下に立って陳列台のまわりを調べている。

懐中電燈の光で、その足もとをなでられたとき、進は、命がちぢまるような気持ちだった。しかし、幸いガードマンは気がつかず、

「はてな、おれの気のせいかな」

と、つぶやきながら、コツコツと三階売り場からでていった。

それにしても進は、なんだって危険をおかして、いまじぶんこんなところにしのんで

いるのか……それはこういうわけである。

このあいだ、進がアトリエでひろった日記には、べつにたいしたことは書いてなかったが、ただ気になるのは、

「二月十八日、夜十時、銀座・松葉屋デパート三階売り場」

という文章。ひょっとすると、その夜、松葉屋デパートの三階へ、蝋面博士があらわれるのではあるまいか……。

そこで進は、いま危険をおかして三階売り場にしのんでいるのだ。

さて、ガードマンたちが去ってからまもなくのこと、時計売り場でいっせいに時計がボンボン鳴りだしたから、進はギョッとして、そのほうをふりかえった。

目がしだいに闇になれてきたのと、窓のすきまからさしこむネオンの光で、うすぼんやりと時計売り場の光景がみえる。

その時計売り場には、ひときわ大きな箱がたの時計が置いてある。それは、高さ三メートルをこえ、文字盤の直径だけでも、八十センチもあろうという大時計だ。

時計売り場のたくさんの時計が、いっせいに十時を報じて鳴りやむと、きゅうにさびしさが、身にしみる。

と、このとき、とつぜんギーッと音がして、あの大時計のドアがひらいたから進はギョッとして、おもわず両手をにぎりしめた。やがて、大時計のドアがすっかりひらくと、なかからのろのろとぬけだしてきたのは、ああ、あの蝋面博士ではないか。

ろうざいくのようにぶきみな顔、シルクハットにえんび服という奇妙ないでたち、弓のように曲がった腰、これこそ蝋面博士いがいの何者でもない。蝋面博士はやっぱり今夜この三階売り場にあらわれたのだ。

蝋面博士はステッキをついて、ノロノロと、床をはうようなかっこうをし、時計売り場からこっちのほうへやってくる。

進は息をつめ、からだを石のようにかたくして、陳列台の上に立っている。

進の全身からつめたい汗が流れだし、心臓がガンガン鳴って、いまにも胸からとびだしそうだ。

しかし、蝋面博士は、進に気がついていないらしく、すぐ目の下を通りすぎると、婦人服売り場へはいっていく。

そこには婦人服を着たマネキン人形が、五つ六つ立っているが、蝋面博士は、うすくらがりのなかで、一つ一つ、その人形をなでまわしている。やがて、ニヤリとうす気味悪い微笑が蝋面博士の顔にうかんだかと思うと、博士はウンと腰をのばして、やおら、そのマネキン人形を抱きおこした。

蝋面博士は、そのマネキン人形を肩にかつぐと、弓のようにまがった腰にステッキをつき、ノロノロと足音もなく三階売り場からでていった。

それをみると、探偵小僧はすばやく陳列台からすべりおり、蝋面博士のあとをつけていく。蝋面博士は、三階売り場から、正面の階段へでるとノロノロと二階のほうへおりていく。階段にうつる影が魔物のようだ。

進は、三階の手すりに身をひそませ、息をのんで、蝋面博士のうしろすがたを見送っていたが、そのときだ。とつぜん階段の下に人影があらわれた。

「アッ！　そこへくるのはだれだ！」

叫んだのは三十五、六歳の目つきのするどい男だが、ほのぐらい電燈の光で、その顔をみた進は、おもわず「しまった」と心のなかで叫んだ。進はその男を知っているのだ。それは古屋(ふるや)三造(さんぞう)といって、進の競争あいての、田代記者の助手をつとめている男なのだ。古屋記者がこのデパートにいるからには、田代記者も、どこかにかくれているにちがいない。だが、蝋面博士のおどろきとろうばいは、進よりひどかった。いっしゅん、階段の途中で立ちすくんで、古屋記者とにらみあっていたが、やがて、

「ち、ちくしょう！」

と叫ぶとともに、肩にしたマネキン人形を、ハッシとばかり、古屋記者になげつけた。マネキン人形はガラガラとすごい音をたてて、古屋記者の足もとまでころがっていったが、そのはずみに、ろうのはがれた部分からのぞいているのは、うす気味悪い死人の膚(はだ)。古屋記者が、立ちすくんでいるすきに、蝋面博士はだっとのごとく、進のほうへかけのぼってきた。

蝋面博士が、じぶんのほうへ逃げてくるのを見ると、進は、あわててかくれようとしたが、どこにもかくれる場所はない。まごまごしているうちに蝋面博士が見つけて、

「この小僧！　おれといっしょにこい！」

　と進におどりかかると、むりやりに四階のほうへひっぱっていく。階段の下では、古屋記者がやっきとなって叫んでいる。

「蝋面博士だ。蝋面博士が、しのびこんだぞ！」

　さっき、人形がなげおとされた物音に、宿直室からとびだしたひとびとも、蝋面博士ときくと、ギョッとしたように立ちすくむ。

　見れば、階段の下には、めちゃめちゃにくずれたマネキン人形のなかから、気味の悪い死人の膚がのぞいているのだ。

　一同は息をのんで立ちすくんでいたが、そのとき上からきこえてきたのは、進の叫び声。

「だれかきてえ！　蝋面博士だ！」

　その叫び声をきくと一同は、ハッとわれにかえって、

「それ、ガードマンを非常召集しろ」

「はやく警察へ電話をかけないか！」

　と松葉屋デパートのなかは、上を下への大そうどう。

　こちらは、蝋面博士と進である。見たところよぼよぼの老人であるのに、蝋面博士の力の強いことといったら！

　進は、ひっしとなって、博士の手からのがれようとするが、それをものともせず、ひ

きずってきたのは八階の屋上だ。

この屋上には、ちかごろとりつけたばかりの松葉屋じまんの大ネオンサインがついている。

直径二十メートルもあろうという球状で、地球儀をかたどってあり、青や赤のネオンがついたり消えたりするぐあいで、地球儀がまわっているように見えるのだ。

蝋面博士は、その地球儀の下まで進をひっぱってくると、両手で首をひっつかみ、

「やい、小僧、おまえは今夜おれがここへくることを、どうして知っていたんだ」

と、そういう博士の顔の恐ろしさ。

ネオンが青くなったり赤くなったりするたびに、蝋面博士の顔が、赤鬼になったり青鬼になったりするのだ。はがねのような強い指で、グイグイのどをしめるのだから、いまにも息がきれそうだ。

「ああ、すこし手をゆるめてください。それでないと、話ができません」

「よし、それじゃすこしゆるめてやろう。ああ、おまえは、いつかアトリエの天じょうからふってきた小僧だな」

「ぼく、新日報社の給仕です。あの日記をひろったんです。いまに一人前の記者になろうと思って、事件をさがしているんです」

「なんだ、それじゃ、おまえも田代という男とおなじ仲間か。ウッフッフッフ」

と蝋面博士は気味の悪い笑いをもらすと、

「よし、それじゃ、おまえによいことを教えてやろう。きょうは二月十八日だが、三月の十日になると、また事件が起きるんだ」

「じ、事件ってなんですか」

「三月の十日にかわいいお嬢さんが死ぬんだ。ところがその死体がお葬式のまえになくなるんだ。つまり、おれがそれをぬすむんだな。さてぬすんでから、それはおまえも知ってるだろう……蝋人形にしてしまうんだ」

「そのお嬢さんは、どうして死ぬんですか。あなたが殺すんですか？」

「ウッフッフ、それはいえない」

「じゃ、一つだけいってください。そのお嬢さんの名まえというのは……？」

「それをきいてどうするんだ。それを知られちゃ、生かしておくわけにはいかんぞ」

「殺されてもかまいません。いってください。その気のどくなお嬢さんの名を……」

「よし、それじゃいってやろう。そのお嬢さんの名は、高杉アケミというんだ。さあそれをいったからには、おまえを生かしておくわけにはいかんぞ」

そう叫んだかと思うと、蝋面博士は、進のからだを頭上にたかくさしあげて、いまにも屋上からなげおろさんと身がまえた。

ネオンのクモ

ああ、この八階の屋上からなげ落とされたら進の命はない。

「助けてえ！　人殺しだア！」

進は、声をかぎりに叫んだが、その声は、むなしく夜空に消えるばかり。

あわや進のからだを、なげ落とそうとしたときだ。

「やめろ！　その子を下におろせ。おろさぬとうつぞ！」

と、うしろからするどい叫び声。

蝋面博士がギョッとしてふりかえると、階段の上に男が立って、ピストルをこちらへむけている。

古屋記者だ。

「しまった！　ちくしょう！」

蝋面博士は、あわてて進を下におろすと、そのからだをたてにとりながら、

「ウッフッフ、うつならうってみろ。この小僧が死ぬだけだよ！」

と、ジジジリとネオンの下へ近づいていく。と、進をつきはなし、パッと地球儀へとびついて、スルスルと球の側面をのぼっていく。それを見ると古屋記者は、ズドンと一ぱつぶっぱなしたが、そのとき早く蝋面博士は、地球儀のむこうへまわっていた。

だが、そのときだ。

「ワッ、だ、だれだ！」

と、地球儀のむこうから蝋面博士の叫び声。それにつづいてきこえてきたのは、

「アッハッハ、蝋面博士、妙なところで、であったな。このあいだおまえのために、蝋人形にされかけた東都日日新聞の田代だよ」

それをきくと、進もハッと気をとりなおした。ああ、やっぱり田代記者も、松葉屋デパートの内部にかくれていたのか。

進と古屋記者は、いそいでそばへかけよったが、ちょうどそれは、屋上の胸壁とすれすれにそびえている地球儀のむこうがわで演じられているので、屋上からは見えないが、銀座の通りからはまる見えである。

「アッ、あんなところにひとが……」

と、ひとりが見つけて叫んだから、さあたいへん、道ゆくひとというひとが足をとめて松葉屋の屋上を見つめながら、あれよあれよと手に汗をにぎっている。

そのうちに、「ワッ！」と世にも恐ろしい悲鳴が、銀座の夜空にとどろいたかと思うと、影が地球儀をはなれて、つぶてのように落ちていった。

「アッ！」

進がいそいで胸壁からのりだすと、落ちていくのは蝋面博士だ。ああ、それでは蝋面博士は、銀座の歩道にたたきつけられて、こっぱみじんとなって死んだのであろうか。

いやいや、そうではない。悪運強い蝋面博士が落ちていったのは、松葉屋の横にでている夜店のテントの上だった。

そのとき、松葉屋デパートの横にとまっていた自動車から、運転手がおりてくると、すばやくテントの上の蝋面博士を抱きおろして、車のほうへかかえていく。

「アッ、しまった！　その自動車をとめろ！　蝋面博士が逃げていく！」

進は屋上から、やっきとなって叫んだが、とても下まではとどかない。運転手はこれさいわいと、蝋面博士を自動車のなかにかかえこむと、いずこともなく立ち去っていく。

「ああ、田代さん、蝋面博士が……」

地球儀のむこうがわからおりてきた田代記者をみると、進はやっきとなって叫ぶ。

「フム。ぼくもあいつをつき落とすつもりじゃなかったが、こっちがつき落とされるのでね」

田代記者は、ふうふう息をはずませている。見ると、髪はみだれ、ネクタイはゆがみ、ほっぺたには血がにじんでいる。

「いえ田代さん、そのことじゃないんです。だれかが蝋面博士を連れて逃げたんです」

「しまった！」

と、叫んで田代記者も、胸壁から身をのりだしたが、さっきの自動車はもうどこにも見あたらない。

電話によって大ぜいの警官がかけつけてきたが、もうあとのまつりである。そこで探偵小僧の進と、田代記者と古屋記者の三人がとり調べられたが、もうこうなってはしかたがない。進はこのあいだ、蝋面博士のアトリエでひろった日記をだして渡した。

「なるほどね」

と、この事件をうけもっている等々力警部はうなずくと、こんどは田代記者をふりかえって、

「しかし、きみたちはどうしてここへきたんだ。きみたちもなにかひろったかね？」

等々力警部がひにくをいうと、田代記者は頭をかきながら、

「いや、そういうわけじゃありませんが、こいつなかなかすばしっこいやつですから、きっとなにか知っているにちがいないと思って、古屋くんとふたりで見はっていたところが、きょうここの三階のトイレのなかへかくれたので、さては今夜、なにか起きるにちがいないと、われわれもここにかくれていたんです」

そういいながら田代記者は、進のほうをみて、

「ねえ、警部さん、この探偵小僧というやつは、じつにすばしっこいやつですからね。蝋面博士の秘密を、まだほかに知っているかもしれませんぜ。アッハッハ」

ああ、ひょっとすると田代記者は、さっきの蝋面博士のことばをきいたのではないだろうか。三月十日に起きるという事件のことを……。

しかし、進も田代記者も、それについては、なにごともいわなかった。

奇怪な少女の死

進の耳からは、蝋面博士のささやいたことばが、はなれない。

三月十日にかわいい少女がひとり死ぬ。そして、その少女の死体はお葬式のまえにぬすまれて、またあの気味の悪い蝋人形にされるというのだ。その少女の名まえも、高杉アケミとわかっているのだが、しかし、どこに住んでいるのかわからない。

たとえ少女の居所がわかったとしても、おまえは来月の十日に死ぬんだなんてことがいえるだろうか……進はさんざん頭をなやましたあげく、とうとうある日、山崎編集局長にうちあけた。

おどろいたのは、山崎編集局長だ。

「三月十日といえばあすじゃないか。それじゃとにかく、一刻もはやく、高杉アケミという少女を捜しださねばならん」

と、そこでよく日の新聞のたずねびとのところに、つぎのような広告をだした。

『高杉アケミという少女の居所を知っているひとがあったら、本社まで知らせてください。また高杉アケミさん自身がこの広告を見たら、すぐ本社まできてください。お礼をします』

するとその日の昼すぎになって、新聞社のまえへ、オズオズとやってきた少女がある。たいへんかわいい顔だちをしているが、身なりはとてもおそまつで、顔色もすぐれない。

少女は手にした新聞の、たずねびとのところへ目をやると、オドオドとあたりを見まわす。ああこの少女こそ高杉アケミにちがいない。

と、そのようすを見て、つかつかと、アケミのそばへ近づいてきた男がある。どこかけがでもしているのか、その男は顔じゅうほうたいにつつまれて、見えるところといっては目と口だけ。気味の悪いほうたいの男は、アケミのそばへ近よると、

「ああ、きみ、高杉アケミくんじゃない？」

「はい、あの、そうですけど……」

「ああ、そう、それじゃこっちへきたまえ」

と、ほうたいの男は指輪をはめた右手をだして、アケミの左手の手首をにぎったが、そのとたん、アケミはアッと叫んでとびのいた。アケミが左の手首をみると、ポッチリと血がふきだしている。

「ああ、ごめん、ごめん、この指輪がひっかいたんだね。なに、たいしたことじゃないよ」

ほうたいの男はコソコソと、新日報社のまえをはなれて、群衆のなかへまぎれこんだ。アケミはちょっとふしぎに思ったが、たいして痛みもしなかったので、そのまま新日報社へはいっていった。

山崎編集局長は、受付から報告をきくと、探偵小僧の御子柴進少年を連れて、応接室へはいっていったが、見るとアケミはソファーに頭をもたせて、ぐったりと目をつむっている。その顔をみると、進は、

「アッ、局長さん、この子は毎晩、銀座で花を売っている花売り娘なんです」

「もしもし、おきたまえ。こんなところで寝ているとかぜをひくよ」

と、二、三度強くゆすぶったが、アケミは目をとじたまま動かない。進はふしぎに思って手をとったが、きゅうにギョッとしてとびのいた。

「アッ、局長さん、この子は死んでいる！」

三月十日に高杉アケミという少女が死ぬという、蝋面博士の予言は、みごとにあたった。

しかも、アケミはところもあろうに、新日報社の応接室で息をひきとったのだから新日報社としては、これほどばかにされた話はない。山崎編集局長はじめ社員一同、かんかんになってふんがいしたが、ここにふしぎなのは、アケミの死んだ原因である。

左の手首に針でついたような傷がついているところを見ると、毒を注射されたらしいのだが、どんなえらい先生に見てもらっても、それがどういう毒なのか、わからなかった。

おそらく、いままで世界に知られていない毒だろうということになり、いまさらのように、蝋面博士の恐ろしさに、ひとびとはふるえあがって恐れおののいた。

しかし、蝋面博士の予言には、まだつづきがあったはずだ。アケミの死体は葬式のまえにぬすまれる。そして、蝋面博士の手によって蝋人形にされるというのだ。

三月十日に高杉アケミを、みごとに死なせてしまった腕前からみると、そのあとの予言もきっと実行するにちがいないと思われた。

だから、警視庁では等々力警部をはじめとして、腕ききの刑事たちをよりすぐって、アケミの死体をぬすまれぬよう、たいへんな警戒ぶりだった。新日報社でも、腕ききの新聞記者をよりすぐって、アケミの死体を警戒させた。

　いいわすれたが、アケミの家は四谷にあって、母ひとり、子ひとりの暮らしだった。その一人っ子がとつぜん妙な死にかたをしたのだから、いよいよお葬式の時間が近づき、アケミの死体を寝棺におさめるとき、おかあさんは気がくるったように、死体にとりすがって泣いた。それを見て、だれひとりとして同情しない者はなかったが、いつまでも死体をうちに置くわけにもいかない。

　そこでお葬式に参列していた等々力警部や山崎編集局長が、いろいろとなだめすかしてアケミの死体を寝棺におさめると、その上から色とりどりの花がばらまかれ、そしてかなしみのうちに、ふたにくぎがうたれた。

　こうして金ぴかの霊きゅう車が、アケミのうちを出発したのは、三月十二日の午後二時ごろのことだった。むろんそのうしろからは、おかあさんや親類のひとたちをのせた自動車のほかに、警察のパトカーや新聞社の自動車が、蝋面博士きたらばきたれと、ウの目タカの目でついていく。

　ところが、この葬式の行列が新宿近くまできたときだ。

　とつぜん、先頭をいく金ぴかの霊きゅう車と、あとにつづく自動車のあいだへ、大きな一台のトラックがわりこんできたかと思うと、こしょうでも起こしたのか、道のまんなかにピッタリとまってしまった。

「おい、こら、どかんか！」

　金ぴかの霊きゅう車のすぐあとには、等々力警部ののったパトカーがつづいていた。警部は窓から首をだして、やっきとなってどなっているが、道のまんなかにえんこしたトラックは、なかなか動かない。

　そのうちに金ぴかの霊きゅう車は、道を曲がってみえなくなってしまった。

「しまった！　やられたか！」

　警部がギョッと息をのんだころ、やっとトラックが動きだした。

「なんでもいいから、はやくさっきの霊きゅう車をおっかけろ！」

　と、等々力警部が叫んで、全速力で道を曲がると、いいあんばいに百メートルほどむこうを走っていく、金ぴかの霊きゅう車が目にうつったので、等々力警部をはじめ一同は、やっと胸をなでおろした。

　しかし、一同が胸をなでおろすのは、まだ早かったのだ。まもなく火葬場へついて、金ぴかの霊きゅう車から寝棺をおろすだんになって、

「こ、これはちがう！」

　と、叫んだのは等々力警部。山崎編集局長とアケミのおかあさんも、まっさおになった。

　なんと、アケミの寝棺は子ども用の小さなものだったはずなのに、いまおろされたのは、おとなの棺桶(かんおけ)ではないか。

運転手はめんくらったように、目をしろくろさせている。そこへ金ぴかの霊きゅう車のなかからおりてきたのは、白髪の老人だった。

「警察のかたですね。なにかごふしんの点でも……？」

と、おちつきはらったことばである。こんどは、等々力警部がめんくらった。

「わたしは、こういう者ですが……」

と、とりだした名刺をみると、馬場三郎という名がすってある。

「じつは一昨日、妻が死亡しましたので、きょうお葬式をだしたのです。わたしには親類も知人もありませんので、こうしてわたしがただひとり、妻のなきがらにつきそってまいりましたので……」

と、そういう老人の目は涙にぬれている。それをきいて等々力警部と山崎編集局長は思わずギョッとして、顔をみあわせた。

ああ、それではじぶんたちは、いつのまにやら、金ぴかの霊きゅう車をとりちがえて、まちがった葬式のお供をしてきたのか……。

「もしや、あなたはほかの霊きゅう車を途中で、ごらんになりませんでしたか？」

等々力警部が息をはずませてたずねると、

「ああ、そうそう。そういえば新宿の付近で、一台の霊きゅう車が、全速力でうしろからかけぬけると、横町へ曲がっていきました。ねえ、運転手くん、そんなことがあったね」

「へえ、へえ、あのときわたしも変に思ったんです。あんな方角に火葬場があるはずがないのに、どうしたんだろうかと……」

「しまった！　しまった！　それじゃ、やっぱりさっきのトラックで、蝋面博士がアケミの死体とともに、逃げてしまったんだ」

等々力警部は、じだんだふんで、くやしがる。

「それじゃ、娘のなきがらは、どこへいったのかわからないのでしょうか？」

アケミのおかあさんは、ワッとばかりに泣きだした。

「いや、どうも失礼しました。こちらのほうにちょっと手ちがいがあったものですから」

山崎編集局長があやまると、

「いや、ごふしんが晴れればけっこうです。それでは運転手くん、この棺桶をむこうへはこんでくれたまえ。では、これで失礼……」

火葬場の人夫に手つだわせて、棺桶のあとからついていく馬場老人のうしろすがたを見送って、等々力警部はしばらくぼうぜんとしていたが、ハッと気をとりなおすと、

「すぐに東京じゅうに手くばりして、あやしい霊きゅう車をつかまえなきゃ……」

と、まごまごしている刑事や新聞記者をしかりつけながら、自動車にのってあたふたと立ち去っていった。が、それからまもなく火葬場のなかからでてきたのは、馬場老人とさっきの運転手だ。

ふたりはあたりをみまわし、ニッコリ顔をみあわせると、

「ウッフッフ、うまくいったな、ばかめが……」

とつぶやいて、金ぴかの霊きゅう車にとびのると、いずこともなく立ち去った。

それから三時間ほどのちのこと、どこをどう走っていたか、馬場老人をのせた怪自動車がやってきたのは、都内から遠くはなれた国立(くにたち)のおく、武蔵野特有の雑木林にとりかこまれた、古めかしいレンガづくりの洋館のまえ。運転手が先におりて鉄の門をひらくと、金ぴかの霊きゅう車は、そのまま門のなかへすいこまれていく。

この洋館の中央には、高い塔がたっていて、その塔の正面に大きな時計がはめこんである。時計の針のしめす時間は五時三十分。やがて金ぴかの霊きゅう車が古ぼけた玄関に着くと、なかからノロノロおりてきたのは、馬場老人と思いきや、なんと蝋面博士ではないか。わかった、わかった。馬場老人とは蝋面博士の変装したすがただったのだ。

運転手が門をしめてやってくると、

「とにかく棺桶をおろそう」

「しょうちしました。しかし先生、この自動車のなかにあらかじめ、あっちの棺桶がかくしてあったとは、さすがの等々力警部も気がつかなかったようですね」

「あの棺桶を火葬にしてみて、あしたびっくりすることじゃろうて。ウッフッフ」

「おや、先生、この棺桶、いやに重いじゃありませんか」

蝋面博士と怪運転手がかつぎだしたものは、金ぴかの霊きゅう車の座席の下にかくしてあった、小さな寝棺。それこそまぎれもなく、アケミのなきがらをおさめた棺桶ではないか。

　ああ、そうしてみると等々力警部や山崎編集局長は、まちがった葬式のお供をしたわけではなかったのだ。

「フム、なるほど、これは重い。おおかた母親がふびんがって、くだらないものを、いっぱい棺桶につめこんだんだろうよ」

　蝋面博士と怪運転手は、棺桶をかかえて、ヤッコラサと、うすぐらい玄関のなかへはいっていく。

　それから十分ほどたって、ふたたび玄関の外へでてきた蝋面博士と怪運転手は、しばらくひそひそ話をしていたが、

「それじゃ、おまえはこの自動車にのって、いったん町へ帰ってくれ」

「はい」

「八時にはこっちへひきかえしてくれよ。今夜じゅうに仕事をしてしまうからな」

「先生は……？」

「おれも、八時までには、ここへ帰っている」

「それじゃ、先生、また……」

「八時におちあおう」

　怪運転手は、自動車にのって立ち去っていく。そのうしろすがたを見送って、蝋面博士もノロノロと、このあやしげな洋館からでていった。

それにしても、いま蝋面博士のささやいた、八時からはじめる仕事というのはなんだろう。ひょっとすると、アケミの死体を、蝋人形にすることではあるまいか。

動く棺桶

それはさておき、こちらは洋館のなかである。しだいにせまるたそがれの色に、すっかりつつまれたうすぐらいへやのなかに、寝棺が一つ置いてある。

それこそ、いま蝋面博士と怪運転手がはこびこんだ、かわいそうなアケミの棺桶なのだ。

怪運転手の運転する自動車の音が、遠くかすかに消えていってから、よほどしばらくたってこの棺桶のなかから、とつぜんかすかな物音がきこえはじめた。ガサガサと内部をひっかきまわすような音である。と思うと、棺桶の底のほうの側面が、十五センチほどの幅でパックリ外へひらいて、なかからニューッとつきだしたのはズボンをはいた男の一本足だ。くつも男のくつである。

しばらく足はモソモソと床をひっかいていたが、やがて棺桶のなかから横すべりにでてきたのは、なんと探偵小僧の御子柴進少年ではないか。

わかった。この棺桶は二重底になっていたのだ。

そしてその下のほうの底には、進がかくれていたのだ。おおかた、こんなこともあろうかと、わざわざ二重底の棺桶をあつらえて、進がこの気味の悪い役目を買ってでたのだ。

それにしても、なんというだいたんさ……。

さすがに、進もまっさおになっている。それに三時間以上もきゅうくつなところにはいっていたので、しばらくは手や足がこわばって動かない。やっとヨロヨロ床の上におきなおると、しばらく手足の屈伸運動をしていたが、きゅうに思いだしたように、二重底のなかから、コートをひきずりだして洋服の上に着る。

蝋面博士は、いったいどこにいるのか。さっきの自動車にのっていったのか。それともまだこの家のどこかにいるのだろうか。進が、ガランとしたうすぐらいへやを見まわしているときである。

とつぜん、へやのすみからチョロチョロと、はいだしてきた一ぴきの小さな動物が、進の足もとへかけよってきた。

ネズミだ！

進は臆病者ではないが、生まれつきネズミが大きらいだ。

「ワッ！」

と叫んで、とびのくひょうしに、はげしく棺桶へつきあたった進は、けたたましい音をたてて、棺桶のむこうへひっくりかえった。

幸い、ネズミはその物音にびっくりして、壁の穴へかけこんだが、棺桶の角にいやというほどむこうずねをぶっつけた進は、なかなかおきあがれない。しばらくむこうずねをなでていたが、とつぜん、また進は、ギョッとばかりに息をのんだ。

棺桶のなかで、物音がするではないか！　ガサガサと身動きをするような音がする！

進は、全身につめたい水をぶっかけられたようにブルッとふるえ、からだじゅうの毛という毛が、さかだつ思いだったが、そのとき、とつぜん棺桶のなかから、

「おかあさん、おかあさん」

と呼ぶ、かわいい少女の叫び声。

「おかあさん、ここはどこなの？　あけてちょうだい」

進の髪の毛は、また針のようにさかだった。

蝋面博士あらわる

「おかあさん、おかあさん、ここあけて。あたし、とても苦しいのよ」

棺桶を、トントンとたたいて、アケミがもがいているようすに、進はいよいよびっくりした。

「アケミちゃん、アケミちゃん、きみ生きかえったの？」

と、息をはずませてたずねると、

「だれ？　そこにいるのは？」

と、アケミがなかからききかえした。

「ぼく、御子柴進ってもんだけど……」

「だれでもいいわ。はやくここをあけてちょうだい。あたし、いやだわ、こんな暗いとこ。それに、息がつまりそうなんだもの」

「うん、よし、いまあけてあげる」

進は、いつも大きなナイフをもっている。そのナイフには、いろんな役にたつように七つ道具がついている。幸い、棺桶のクギは、それほどがんじょうではなかったので、まもなくふたがとれて、なかからおきあがったのは、アケミである。

「ああ、アケミちゃん、アケミちゃん、きみ、ほんとうに生きかえったんだね」

「あら、生きかえったって、どういうの？」

アケミはふしぎそうに目玉をクリクリさせている。進は、アケミを恐れさせてはならないと思って、

「いや、なに、きみは病気だったんだよ。それで、みんな心配してたんだけど、よくなってよかったねえ。気分はどう？」

「べつになんともないわ。でもここはどこ？　そして、あなたはだれ？」

「うん、ここか。ここはねえ」

といったものの、進もここがどこだか知らないのだ。

「ここは病院なんだ。きみは病気で入院してたんだけど、よくなったんだから、これか

らすぐにおうちへ帰ろう」

「ええ」

アケミは、ヨロヨロ棺桶からでてくる。幸い、おかあさんが一番上等の服を着せておいてくれたうえに、くつまでいれてあったので、アケミはすぐにそれをはいた。

「あら、いやだわ。この箱、棺桶みたいだわ、あたし、こんなものにはいっていたの？」

「そんなことはどうでもいい。それより早くここを出よう」

「ええ」

ふたりが、ドアのほうへいったときだ。

下のほうからコツコツとだれかがこちらへあがってくる足音……進がギョッとして、カギ穴から外をのぞいてみると、ドアの外は高い階段になっていて、いまその階段をのぼってくるのは、なんと蝋面博士ではないか。

「アッ、アケミちゃん、いけない！」

進は、あわててあたりを見まわしたが、どこにも逃げだすところはない。窓はあっても、とても高くてとどかないのだ。

「アケミちゃん、たいへんだ。いま悪者がやってくる。そいつにとっつかまると、ふたりとも殺されてしまう」

「おにいさん、悪者ってだれ？」

「蝋面博士のことだよ」

蝋面博士のことは、アケミもきいていたとみえ、青くなってふるえあがった。

「おにいさん、おにいさん、どうしたらいいの？」

「しかたがないから、きみ、もう一度箱のなかへはいって、死んだふりをしておいで。いいかい、どんなことがあっても口をきいちゃいけないよ」

「ええ、いいわ。おにいさんのいうとおりにするわ」

アケミは、くつをぬいで棺桶のなかにもぐりこむと、あおむけによこたわる。進はその上から、いそいでふたをすると、ゆるんだクギ穴に、いっぽん、いっぽんクギをさしこんだ。やっとクギをさしおわったところへ、ドアの外へ足音がきてとまる。

ジャラジャラとカギ束を鳴らす音をききながら、進は身をひるがえして、へやのすみにある戸棚のなかへもぐりこんだが、そのとたんドアがひらいて、ヌーッとはいってきたのは、あの気味の悪い蝋面博士。

蝋面博士は手に懐中電燈をにぎっている。日はもうすっかり暮れて、へやのなかはもの見わけもつかぬほど暗かった。

博士は懐中電燈で棺桶を調べていたが、やがてポケットからクギぬきをとりだし、クギをぬいて棺桶のふたをとる。棺桶のなかにはアケミが息をころして目をつむっている。

「ウッフッフ、かわいい少女だ。いまにきっとよい蝋人形ができるだろう」

と、気味の悪い声でつぶやくと、腕時計に目をやって、

「いま六時だな。竹内三造は八時にやってくるはずだから、どれ、したくをしておこう」

蝋面博士は、アケミが生きかえったとは夢にも知らず、また探偵小僧の進がかくれているとは、気がつかないから、棺桶のふたもせずに出ていった。

その足音が階段のはるか下へ消えていくのをききすました進は、ソッと戸棚からはいだした。

「アケミちゃん、もうだいじょうぶだよ」

「おにいさん、蝋人形ってなんのこと？　あたしの顔を見て、いい蝋人形ができるだろうと、気味の悪い声で笑っていたわ」

「ううん、なんでもない。それより、一刻もはやくここから逃げだそう」

アケミを恐れさせてはならぬと、進は、わざとはっきりいわなかった。

幸い、蝋面博士がドアをあけっぱなしにしていったので、ふたりはなんなくへやからぬけだすことができた。

ふたりがでてみると、へやのまえにはろうかが横にはしっており、ろうかの端には、上へあがる階段がついている。

しかし、ふたりはそれに見むきもせず、足音をしのばせて、いま蝋面博士のおりていった階段をおりていく。

階段の下にはおどろくほど広いホールがあり、その広いホールには、あかあかと電燈がついているのだ。進と、アケミが、階段の途中に立ちどまり、ソッと下をのぞいてみると、ホールの中央には大きな釜（かま）が置いてあり、蝋面博士がそばに立って、長い棒で釜のなかをかきまわしている。

蝋面博士がかきまわすたびに、釜のなかから、いやなにおいがたちのぼる。

「おにいさん、あれ、なんのにおい？」

アケミにきかれて、進は全身の毛がさかだつのを感じた。

進は、いつか蝋面博士のアトリエでこれとおなじにおいをかいだことがある。それは、ろうの煮えるにおいなのだ。蝋面博士はそのなかへアケミをつけて、蝋人形を作ろうとしているのだ。しかし、どうしてそんなことが、アケミにいえよう。それよりも、一刻もはやく、ここから逃げださなければならないのだ。

しかし、こまったことに、階段の下には蝋面博士ががんばっており、そこを通らなければどこへいくこともできないのだ。

「おにいさん、どうしましょう。どこかに逃げだすところはないの？」

「シッ、しずかにしておいで。そのうちに、あいつのすきを見て、逃げだそう」

そうはいうものの、進は気が気でない。さっきの蝋面博士のひとりごとによると、八時になると、竹内三造という男が帰ってくるのだ。そいつがかえってくると、アケミを蝋人形にする仕事を、はじめるのだろう。

なんとかして、それまでに逃げださなければ……進はジリジリと、胸ももえるようないらだちを感じていたが、ああ、なんということだ。ちょうどそこへ帰ってきたのは、大きな灰色のちりよけめがねをかけたさっきの怪運転手ではないか。

「おお、竹内三造か。はやかったな」

「蝋面博士、アケミの死体はどこにありますか。一刻もはやく、あの子をろうにつけて、蝋人形を作りましょう」

大声にわめく怪運転手のことばが、耳にはいったからたまらない。

アケミははじめてなにもかもさとって、キャッと一声叫んだから、蝋面博士と怪運転手は、ギョッとしてこちらをふりかえった。

死の大時計

「アッ、あんなところにだれかいる！」

怪運転手が叫ぶと同時に、蝋面博士がスイッチをひねったとみえ、階段の上に電燈がついて、進とアケミのすがたがサッとあかるみにさらけだされた。

「ワッ、ゆ、ゆうれいだ！」

まさかアケミが生きかえったとは知らないから、怪運転手の竹内三造は、ゆうれいとまちがえて、まっさおになる。

「なに、ゆうれい？」

蝋面博士も、階段の上を見て、

「アッ、きさまは探偵小僧だな。おい、高杉アケミは生きかえったにちがいない。はやくつかまえて、探偵小僧といっしょに蝋人形にしてしまえ!」

博士のことばに怪運転手も気をとりなおしたのか、まっしぐらに階段をのぼってくる。

「アッ、アケミちゃん、いけない!」

あまりの恐ろしさに気が遠くなったように立ちすくんでいるアケミの手をとり、探偵小僧の御子柴進少年は、いちもくさんに階段をのぼっていく。

階段の上は、さっきのへやだが、そこへははいらず、ろうかを右へ曲がると、つきあたりに階段がある。それをのぼると、ドアが半分ひらいている。ふたりはむちゅうでなかへとびこむと、大いそぎでなかからドアをしめ、ガチャンとかけ金をおろしたが、そのとたん、かけつけてきたのはさっきの怪運転手だ。

「小僧、あけろ、あけろ。うぬ!」

力まかせにドアをたたくそのいきおいの恐ろしさ。なにしろ古ぼけた洋館だから、ドアもそれほどじょうぶではない。いまにもちょうつがいがはずれそう。そしてこのドアがやぶれたがさいご、ふたりの命はないのだ。

「おにいさん、あたしこわい!」

アケミはまっさおになってふるえている。

進はいそいであたりを見まわしたが、そこは一辺が六メートルほどある直方体のがんじょうなへやで、正面にむかった壁の上方に、ひとひとり、くぐりぬけられるくらいの窓があり、そこから月の光がさしこんでいる。

いったい、これはなにをするへやだろうか？　進は、もう一度月の光であたりを見まわしたが、そのとき、目にうつったのは窓の下の壁ぎわにかみあっている大小さまざまの歯車だ。それがギリギリガリガリと、正確な回転をつづけているのだ。

ああ、わかった、わかった。ここはこの洋館の正面にそびえる時計塔のなかなのだ。

しかし、進はそんなことは知らない。とにかく、あの窓からのぞいてみようと歯車づたいに壁をのぼっていくと、窓から首をつきだした。

おりからの月の光に見わたせば、見えるものといっては林と畑ばかり、どこにも人家らしいものはない。しかも下を見ると地面まで十数メートルもあり、とてもとびおりることなどできそうもない。

しかし、ふと見ると、窓から五、六メートル下に小さなバルコニーがあり、そこから洋館の外がわを通って、稲妻がたの階段が下までつづいている。

「ああ、あのバルコニーまでおりられたら！」

進は注意ぶかく、窓のすぐ下へ目をそそいだが、なんとそこは、直径五メートルもあろうかという大時計の文字盤になっているではないか。

しかも、時刻はいま七時。

したがって、二メートル以上もあろうという長針が、ちょうど進の目の下に、すいちょくに立っている。

進は手をのばして、その針をつかんでゆすぶってみたが、とてもがんじょうにできているから、子どもの力ではびくともしない。

進は、ハッと名案を思いついた。

「アケミちゃん、はやくここへおいで。はやく、はやく！」

「ええ、おにいさん」

ドアの外ではあいかわらず、怪運転手のわめき声。

アケミはそれに追われるように、大いそぎで歯車をのぼっていく。

「アケミちゃん、きみ、ここからはいだして、あの長針におつかまり。そうすれば、ぼくがうらがわから針をまわして、半のところへもっていってあげる。そこからバルコニーまではすぐだから、とびおりてもけがはない。ね、わかった？」

「でも、おにいさん、針をまわすしかけ、わかってる？」

「うん、ぼくが下へおりて調べてみる」

進は、さっそく下へおりて捜してみたが、すぐにそれらしいハンドルを見つけた。

「アケミちゃん、ぼく、ハンドルまわしてみるから、針を見ていてくれたまえ」

「まあ、おにいさん、動くわ、動くわ」

「よし、それじゃもう一度、針を十二時のところへもっていくからね」

「ああ、おにいさん、十二時のとこへきてよ」

「よし、それじゃ、早く針につかまりなさい。そしてアケミちゃんのからだが半のところへきたら、大声でそういうんだよ」

「でも、あたし、なんだかこわいわ」

「そんなことといってるばあいじゃないよ。ホラ、あの声をおきき」

ドアの外ではあいかわらず、怪運転手が口ぎたなくわめいている。メリメリといまにもちょうつがいのはずれそうな音。ああ、もうふたりは絶体絶命なのだ。

「おにいさん、すみません。おにいさんのいうとおりにするわ」

アケミは窓からはいだして、すぐ下にある時計の長針にすがりつく。

「それじゃ、針をまわすよ。半のところへきたら知らせるんだよ」

進がハンドルをまわしているうちに、

「もういいのよ。半のところへきたわ」

と、壁の外からアケミの声。

「よし、じゃ、そこからとびおりてごらん」

「ええ、……あら、おにいさん、なんでもないわ。半のところからバルコニーまですぐよ」

「よし、じゃ針をもう一度まわすから、十二時のところへきたら、知らせておくれ」

進は、長針を十二時のところへもっていくと、じぶんも窓からはいだして、その先にぶらさがった。

「でも、おにいさん、それじゃあ、だれがなかからハンドルをまわすの」

「ううん、ぼくは針がしぜんにまわるのを待ってるんだ。なに、だいじょうぶ。半のところまでいかなくても、その近くまできたら、とびおりるよ」

針はしずかにまわっていく。

その針の先にぶらさがっている進にとっても、下から手に汗にぎって見ているアケミにとっても、その一分が一年ほどの長さに思える、苦しい時間だった。

五分――十分――十五分――。

進のからだは、いまや文字盤のいちばん右端に、ぶらさがっている。

その下には、バルコニーはなく、地面まで十数メートルの空間である。

進は、目がくらむような気がしたが、ちょうどそのとき、メリメリとドアのやぶれる音がしたかと思うと、上の窓へあらわれたのは怪運転手の竹内三造である。

「やい、小僧、おぼえていろ、いまにそのからだを、こっぱみじんにしてくれる」

怪運転手の声に、ハッとおどろいたのは進だ。

「アッいけない！　アケミちゃん、ぼくにかまわず、はやく階段をおりておいき！　はやく！　はやく！」

「ええ、おにいさん、ではそのとおりに」

アケミは、まっさおになって階段をかけおりた。そのときだった。

進のぶらさがっている長針が、根もとからグラグラぐらついてきたかと思うと、ふいにポッカリ、文字盤からはずれたからたまらない。

て落ちていった。

「アッ！」

進は、長針をにぎったまま、まっさかさまに十数メートル下の地面へ、つぶてとなって落ちていった。

怪屋包囲

時計塔から、まっさかさまに落ちていった探偵小僧の御子柴進少年は、こっぱみじんにくだけただろうか？　いやいや、神さまは、まだこの勇敢な少年を見すてはしなかったのだ。

それよりちょっとまえのこと、洋館の正面よりはいってきたのは、警官をいっぱい積んだトラックである。

そのトラックの運転台に立っている等々力警部が、時計塔を見あげて大声で叫んだ。

「アッ、いけない！　あの時計塔のすぐ下へトラックをやれ！」

警部に命令されるまでもなく、運転手にも進のきけんな立場がわかったので、トラックは、時計塔のすぐ下へ横づけになる。

と、その瞬間警官たちの頭の上へ、つぶてのように落ちてきたのが進である。警官たちの十数本の手にうけとめられて、かすり傷ひとつしなかったが、落下の途中で、気が遠くなったのか、ぐったりと目をつむっている。

等々力警部は、その顔を見て、

「おお、きみは新日報社の探偵小僧じゃないか。しっかりしろ、どこにもけがはないぞ」

等々力警部にはげまされて、進はハッと気をとりなおす。

「ああ、警部さん、アケミちゃんは……？」

「えっ、アケミちゃんがどうかしたのか？」

「アケミちゃんは生きかえったんです」

進が大声で叫ぶと、

「おにいさん、いまそちらへおりていくわ」

と、稲妻がたの階段をころげるようにおりてきた高杉アケミのすがたを見て、等々力警部は、目を丸くした。

「おお、それじゃアケミちゃんは、ほんとうに生きかえったのか。それで、探偵小僧、蝋面博士は？」

「蝋面博士は、この洋館のなかにいます。しかし、警部さんは、どうしてここがわかったんですか？」

「うん、それはね。東都日日新聞社の田代くんが、電話で知らせてくれたんだ。田代くんは霊きゅう車を尾行して、この洋館をつきとめたらしい」

田代記者と探偵小僧は、好敵手だ。

蝋面博士を中心として、新日報社の探偵小僧と、東都日日新聞社の田代記者は、はげしくしのぎをけずっているのだ。その競争あいての田代記者に、またもすくわれる結果になったのか……。そこへ暗がりから出てきたのは田代記者。

「おお、田代くん、さっきは電話をありがとう。ときに蝋面博士は……？」

「二階の大広間にいます。アケミちゃんを蝋人形にしようと、釜でろうを煮ているんです。警部さん、洋館を包囲してください」

「よし」

警部の命令で、警官たちはバラバラと洋館のまわりに、ちった。

田代記者は、進のそばへくると、

「探偵小僧、あぶないところだったね。きみがここにいようとは、夢にも知らなかったよ」

「田代さん、ありがとう。あなたのおかげで、また命が助かりました」

「なあに、そんなことはおたがいさまだ。しかし、探偵小僧、蝋面博士をつかまえる手柄だけは、おまえにゆずらんぞ。アッハッハ」

「田代さん、それはぼくだっておなじことです。きっとぼくがつかまえて、新日報社の特ダネにするんです」

「いったな、そのことばを忘れるな。いまにほえづらかかせてやるから。アッハッハ」

ちょうどそのとき、警官たちの準備ばんたんがととのったので、いよいよ怪屋のなかへふみこむことになった。

田代記者を先頭にたて、等々力警部と御子柴進少年、ほかに武装警官が三人、緊張した顔で、玄関のなかへはいっていく。

等々力警部の注意で、アケミはふたりのおまわりさんに守られて、玄関の外で待っていたが、するとまもなく、なかから出てきたのは、見知らぬ警官である。

「おや、きみはだれ……？」

見おぼえのない警官がでてきたので、玄関の外にいた警官が、びっくりしたようにたずねる。

「ぼくはこの土地の警官で山本というんです。さっき田代という新聞記者に呼ばれて、この洋館を見はっていたんですが、いま等々力警部から、命令をうけてきました」

「警部さんの命令というと？」

「そこにいるアケミという少女を、はやく自宅へ送りとどけたほうがよかろうというんです。幸い、田代記者ののってきた自動車が、むこうの森陰にありますし、ぼく運転ができますから、送っていきます」

「ああ、そう、それはごくろうさま」

あいてが警官の服装をしているので、ふたりの警官もあやしまなかった。

「いえ、あの、あたしはおにいさんをお待ちしているわ」

アケミは、なんとなく心細くてしりごみする。

「いや、御子柴くんも先に帰って、待っているようにといっているんだ。あんたは病気あがりだから、気をつけなきゃいけないんだよ。さあ、いこう」

山本巡査は、アケミの手をとりグングンとひっぱっていく。

洋館から百メートルほどはなれた森陰に、はたして一台の自動車がとまっている。

「さあ、はやくおのり！」

警官の強いことばにハッとして、アケミが顔を見なおすと、ああ、なんとそれは、怪運転手の竹内三造ではないか。

「アレーッ！」

と、叫んで逃げだそうとするアケミのうしろから、怪運転手が腕をのばして、いきなり首根っこをおさえた。

「ええい、ごうじょうながきだ。これでもくらえ」

と、うしろから抱きすくめると、ポケットからとりだしたのは、香水ふきのような小さなびんだ。それをアケミの鼻先へもってくる。シューッととびだしてきたあまずっぱい霧が、パッとアケミの鼻先でとびちった。

「ああ、だれかきて……」

アケミは、首を左右にふり、バタバタと手足をもがく。しかし、怪運転手にがっちり抱きすくめられては、ワシにつかまった子スズメもおなじことだった。

「ア、ア、ア……」

そのうちに、アケミはふっと気が遠くなっていった。

「これでよし」

怪運転手はあたりを見まわし、にんまり笑うと、眠りこけているアケミをかついで、自動車のなかへほうりこみ、じぶんも運転台へとびのると、いずこともなく立ち去った。

ああ、こうして、せっかく蝋面博士の毒手をのがれた高杉アケミは、ふたたび博士の部下にとらえられたのだ。

のぼる軽気球

そんなことは夢にも知らぬ、こちらは等々力警部の一行である。てんでに、ピストルや懐中電燈を身がまえながら、足音をしのばせ二階へあがってくると、大広間にはあかあかと電燈がついている。そして、グツグツものの煮える音とともに、なんともいえぬ異様なにおいが、へやのなかにただよっている。

「警部さん、あの釜でろうを煮ているんです」

進の声はふるえていた。

等々力警部と三人の武装警官は、キッとピストルを身がまえながら、へやのなかを見まわした。だが、蝋面博士のすがたはどこにも見えない。

「警部さん、蝋面博士が下へおりてきたけはいがない以上、きっとあの階段をのぼっていったにちがいありませんぜ」

田代記者が、ささやいた。

「あの階段をのぼっていくと……？」

と、等々力警部は、進をふりかえる。

「時計塔へいくんです」

「よし」

一同は、また足音をしのばせて、せまい階段をのぼっていく。

階段の上には、進とアケミがとじこめられていたへやがあるが、のぞいてみるとアケミの棺桶（かんおけ）がほうりだしてあるだけで、なかはもぬけのからだった。

一同は、進を先頭にたて、時計塔への階段をのぼっていく。

時計室のまえまでくると、さっき怪運転手にやぶられたドアが、がっくりとななめにかたむいて、へやのなかはまる見えだ。

だが、これはどうしたことだろう。

この時計室には、さっき進とアケミがぬけだした、小さな窓があるだけなのに、いま見ると、天じょうのほうからサッと一はばの月光がさしこんでいる。しかも、その光のはばはしだいに広くなっていくのだ。ああ、なにかまた、この時計塔のなかに異変が起こったにちがいない。

等々力警部は用心ぶかく、キッとピストルを身がまえながら、

「蝋面博士は、どこにいるか」

と、低いながらも、するどい声をかけたが、返事はなくて、そのかわり、ギリギリギリギリと、異様な音がきこえてくる。

そして、その音とともに、へやのなかの明るさは、しだいにましていくのである。

「蝋面博士、いるなら出てこい。この洋館のまわりはアリのはいだすすき間もないほど、厳重に包囲されているんだ。おまえはもう、袋のなかのネズミもおなじだ。おとなしく手錠（てじょう）にかかれ」

等々力警部は、きびしい声で叫んだ。やがてバタンという音がきこえたかと思うと、とつぜん、

「ワッハッハ、ワッハッハ！」

と、へやをゆするような笑い声。

「等々力警部、田代記者、探偵小僧もごくろうさまだな」

と、どくどくしい笑い声は、たしかに蝋面博士である。一同ハッと顔を見あわせたとき、笑い声はふたたび、時計室をゆすぶって、

「おまえたち、屋敷のまわりさえ取りまけばだいじょうぶと思っているだろうが、それこそおろか者の考えだ。ほかに一つ、大空という逃げ道があるのを知らないのか。ワッハッハ。等々力警部、田代記者、探偵小僧もさようなら。あばよ！」

一同はハッとして、へやのなかへとびこんだが、そのとたん、思わずギョッとして息をのみこんだ。

このとき怪屋をとりまいていた警官たちは、世にも異様なものを目のあたりに見て、アッとばかりに肝をつぶした。

この怪屋の正面にある時計塔には、王冠のようなかたちをした、球状のまる屋根がついているが、いまその王冠が花びらのように、八方にひらいたかと思うと、なかから、ユラユラとあらわれたのは、海坊主のように奇怪なしろものだ。

「アッ、あれはなんだ」

と、一同があれよあれよと立ちさわいでいるうちに、海坊主はしだいしだいに屋根のなかからせりだしてくる。

それは大きな、フワフワしたまっくろな球だった。

その球には、いちめんに網がかぶさっており、網の下部は太い数本のロープとなり、そのロープの先には、畳二枚しけるくらいのかごがぶらさがっている。

「アッ、あれは軽気球だ。蝋面博士が軽気球にのって逃げていくのだ」

怪屋をとりまいている警官たちは、右往左往して大さわぎ。軽気球はいましも、時計塔の屋根をはなれて、フワリと空中にとびだした。

ああ、時計塔の丸い屋根にはあらかじめ、ガスをつめた軽気球がかくしてあったのだ。そして、いま蝋面博士はそれにのって逃げていくのだ。

それはさておき、こちらは時計室のなかだ。ぼうぜんとして天じょうを見あげていた探偵小僧の御子柴進少年は、ハッと気をとりなおすと、そばに立っている警官のひとりから、いきなりピストルをひったくって、スルスルと時計の歯車をのぼっていく。

そして、ヌーッと身をのりだしたのは、さっきぬけだした小さな窓だ。

と見れば、いましも時計の文字盤のやや上方を、フワリフワリと軽気球がとんでいく。

そしてその軽気球のかごから顔をだしているのは、まぎれもなく蝋面博士だ。

月の光に照らされて、ろうのような顔が、がいこつのように白く光っている。

「おのれ、蝋面博士、逃がすものか！」

進は、ズドンとピストルをぶっぱなしたが、蝋面博士はびくともせず、ニヤニヤと不敵な笑いをうかべている。

田代記者と等々力警部は、いったん時計室からとびだしたが、やがて、すがたをあらわしたのは、文字盤の下にあるバルコニーだ。

ふたりとも、軽気球めがけてズドン、ズドンとピストルをぶっぱなしたが、かなしいかな、軽気球はすでに、ピストルの射程距離からはずれている。

軽気球はおりからの月光をいっぱいにあびて、しだいに、時計塔からはなれていったが、そのときだ。軽気球からわれがねのような、蝋面博士の笑い声がふってきた。

「ワッハッハ、ワッハッハ！　そのあわてようはなんだ。おい、等々力警部、田代記者、探偵小僧、おまえたちは高杉アケミがどうなったか、知ってるかい！」

「エッ！」

探偵小僧の御子柴進少年をはじめとして、等々力警部も田代記者も、ハッとばかりに息をのんだ。

「高杉アケミはな、おれの部下の竹内三造がさらっていったわ。今夜は失敗したが、このつぎは、しゅびよく蝋人形にしてみせる。やい、探偵小僧、今夜はよくもじゃまだてしたな。いずれ、このお礼はきっとする。ウッフッフ、ウッフッフ」

ぶきみな笑い声をあとにのこして、蝋面博士をのせた軽気球は、しだいに空たかくのぼっていく。

ヘリコプターの追跡

進は知らなかったが、蝋面博士のかくれ家は、中央線の三鷹の近くにあったのだ。

そのかくれ家からとびだした軽気球は、おりからのそよ風にのって、しだいに東京都の空へながれていく。

三鷹警察署からの報告によって、このことはただちに東京じゅうの警察に通報され、またいっぽう、テレビやラジオの臨時ニュースによって放送されたから、さあ、たいへん。東京じゅうはわくような大騒動だ。

蝋面博士が、軽気球にのって逃げていく……！

その軽気球はいま、東京都の上空を、西から東へながれていく！

というので、道路もビルディングの屋上も、さては人家の屋根という屋根も、黒山のようなひとだかりだ。みんな軽気球のあらわれるのを、いまかいまかとかたずをのんで、おりからの月明(げつめい)の空を見つめている。

なにしろ、その夜は、西のそよ風といっても、ほとんど無風状態にちかかったから、軽気球の進行も、ウシの歩みのようにノロノロしている。

まるで考えごとでもしているかのように、ながいあいだ、空の一点にジッととまっているかと思うと、やがてまた、思いだしたようにフワリフワリと風にのってながれていく。

だから、蝋面博士をのせた軽気球が三鷹から、新宿の上空までさしかかるのに、たっぷり一時間以上もかかった。

「アッ、やってきたぞ。あれだ、あれだ、あのゴム風船みたいなやつが軽気球だ」

「あの軽気球に、蝋面博士がのっているのだ」

と、地上にむらがったひとびとは大さわぎ。

軽気球はあいかわらず、のらりくらりととんでいたが、やがてそれが、代々木(よよぎ)から、神宮外苑(じんぐうがいえん)の上空へさしかかったころ、東の空から、むかえうつようにとんできたのは、一台のヘリコプター。新日報社じまんの新日報号だ。機上には三鷹から大いそぎで、本社へ帰った探偵小僧の御子柴進少年と、等々力警部がのっている。

「アッ、警部さん、あそこです。あそこに、軽気球がうかんでいます」

見れば、なるほど月明の空たかく、ソフトボールの大きさぐらいに、軽気球がうかんでいる。

「よし、操縦士くん、うんと高度をあげてくれたまえ」

等々力警部の命令に、ヘリコプターは大きく空中をせんかいしながら、グングン高度をあげていく。それにつれて、軽気球もしだいに大きさをましてきて、やがて気球にぶらさがったかごの内部も、手にとるように見えてくる。と、見れば、かごのなかには蝋面博士が、さっきとおなじ姿勢でもたれている。

青白い月の光にくまどられて、どくろのように白い顔が、気味の悪い影をつくっている。黒いコートが、ハタハタと風にはためくのもぶきみである。

進は、ヘリコプターの機上から、蝋面博士のすがたに目をそそぎながら、

「警部さん、警部さん、変ですねえ」

と、心配そうにつぶやいた。

「探偵小僧、変だって、なにが変なんだ」

「だって、蝋面博士はさっきから、身動き一つしませんよ。まるで、人形のように立っているじゃありませんか」

「フム、そういえばそうだな。ひょっとすると、気が遠くなっているのかもしれない」

空中もあまり高くのぼっていくと、眠気をもよおし、気が遠くなるばあいもあるのだ。

「そうでしょうか。でも……」

と、進は、なおも気づかわしそうに、

「蝋面博士は軽気球にのって、いったいどこへいくつもりでしょう。軽気球はただ風にのって、ながれていくだけのことでしょう。じぶんで方向をさだめることもできない危険なものにのって、いったい、どうするつもりでしょう?」

「いや、たぶん安全地帯へさしかかったら、パラシュートでとびおりるつもりなんだろう。ともかく見うしなわないように、つけてみるんだ」

こうして、風のまにまにながれていく軽気球の上空を、ヘリコプターがユルユルとせんかいしながら、どこまでもつけていく。

これを見てよろこんだのは、地上のやじ馬だ。

「あれ見ろ。軽気球の上をヘリコプターがとんでいくぞ」

「警官が、蝋面博士を追跡しているんだ」

「それ、われわれもおっかけろ」

と、自転車にのったやじ馬が、われもわれもと東京の町を、西から東へと走っていく。そのやじ馬をかきわけて、警察の自動車やオートバイが走っていくから、軽気球の通りすぎる地点にあたって東京の道路は、どこもかしこも、自動車や、自転車の大洪水だ。

こういう地上のさわぎをあざけるように、軽気球はあいかわらず、のらりくらりと、とんでいたが、やがて、隅田川の上空にさしかかると、そこで気流がかわったのか、きゅうに南下しはじめると、やがて、東京湾の上空へでていった。

「それっ、軽気球は海上へでていくぞ……」

「モーターボートでおっかけろ……」

と、東京湾の沿岸各地からは、やじ馬がぞくぞくとモーターボートや小舟をこぎだし、海上はときならぬ大さわぎだ。

さて、こちらは、ヘリコプターの機上である。

「アッ、警部さん、どうしたんでしょう。軽気球の高度が、しだいにさがっていきますよ」

見ればなるほど、さきほどまで東京湾のはるか上空をとんでいた軽気球が、しだいに下へさがっていく。おまけに、にわかに安定をうしなって、風もないのに、はげしく左右にゆれだした。

「アッ、ガスがぬけていくんだ。軽気球はいまに海上へ落ちていくぞ。操縦士くん、こちらも高度をさげてくれたまえ」

等々力警部の命令で、ヘリコプターもしだいに高度をさげていく。

一度ガスがぬけはじめると、その速度はしだいにましして、さっきまでゴムまりのようにふくらんでいた気球が、みるみるうちにしぼんでいく。そして、その下にぶらさがっているかごが、時計のふりこのようにゆれながら、ザンブとばかり海上へ落ちていった。

「アッ、落ちた！」

ヘリコプターの機上から、探偵小僧の御子柴進少年が手に汗にぎって見ているとき、ダ、ダ、ダ、ダとエンジンの音をひびかせて、軽気球のそばへ、近よってきた一隻のモーターボートがある。

　モーターボートには、ふたりの男がのっていた。ふたりの男は、用心ぶかく、海上にうかんだ軽気球のかごのそばへ近よると、ひとりの男が立ちあがり、キッとピストルを身がまえながら、恐る恐るかごのなかをのぞきこんだが、なにを思ったのか、

「ウワーッ！　こ、これは……」

と、叫んだかと思うと、かごのなかから蝋面博士をひきずりだし、頭上に高くさしあげると、それをかるがるとふりまわしたから、探偵小僧の御子柴進少年と、等々力警部は、アッとばかりに肝をつぶした。

「やられた、やられた。古屋くん、蝋面博士に、まんまといっぱいくわされたぞ」

と、モーターボートのなかでそう叫んだのは、東都日日新聞の田代記者だ。

「えっ、田代さん、蝋面博士にやられたとは……」

「これは、人形なんだ。蝋面博士は人形を身がわりにつかって、われわれがそれをおっかけているあいだに、あの怪屋から逃げだしたんだ」

「しかし、田代さん、蝋面博士は気球の上から、口をきいたというではありませんか」

ハンドルをにぎった助手の古屋記者にたずねられ、田代記者はかごのなかをさぐっていたが、とつぜん、

「アッ、これだ！　古屋くん、きいていたまえ」

田代記者のことばも終わらぬうちに、かごのなかからきこえてきたのは、蝋面博士の

ぶきみな声。

「ワッハッハ、ワッハッハ！　そのあわてようはなんだ。おい、等々力警部、田代記者、探偵小僧、おまえたちは高杉アケミがどうなったか、知ってるかい……！」

ああ、なんと、それはテープレコーダーだったのだ。

蝋面博士は、テープレコーダーにじぶんの声をふきこんで、セルフタイマーをしかけ、それが回転するようにしておいたのだった。

深夜の帰国

東京じゅうをさわがせた、軽気球の蝋面博士は、そのじつ、博士のこしらえた蝋人形だったのである。それを知らずに警視庁でも新聞社でも、血まなこになって、軽気球をおっかけていたのだ。そして、そのあいだに蝋面博士は、まんまとかくれ家から逃げだしたのだ。

おそらくいまごろは、どこかで、赤い舌をペロリとだして、みんなのことをあざ笑っているだろう……。

そういう事実がわかったために、警視庁も新聞社も、世間のもの笑いのたねになり、すっかり面目を失った。

探偵小僧の御子柴進少年も、あまりみごとに蝋面博士の計略にのせられたので、くやしくてならない。

進は子どものことだから、面目はどうでもよいが、せっかく生きかえった高杉アケミを、またしても、蝋面博士にうばわれたのが、くやしくて、くやしくてたまらないのだ。

それにしても高杉アケミは、もう蝋人形にされてしまったのだろうか。いやいや、蝋面博士はいつも蝋人形をこしらえると、世間に見せびらかすようにするのだが、まだ、アケミの蝋人形が、どこからも発見されないところをみると、アケミはいまでもどこかで生きているのではあるまいか。ああ、それにしてもこんなときに、金田一先生がいてくれたら……と、進は、またしても、ため息をつかずにはいられなかった。

まえにもいったように、金田一耕助というのは、日本でも一、二といわれる名探偵で、いままでになんども怪事件を解決している。

進は、その耕助にかわいがられて、いつも助手をつとめてきたのだ。あの金田一先生がいてくれたら、蝋面博士など、すぐつかまえてしまうのに……と、進はくやしくてたまらないのだが、その耕助は去年からアメリカを旅行している。

ところが、ああ、なんという幸せなことであろうか。神さまが探偵小僧のねがいをきいてくださったのか、金田一耕助はにわかに予定をくりあげて、五月八日、アメリカから飛行機で、羽田空港へ帰ってくることになったのだ。それをきいた探偵小僧の喜びは、どんなだったろうか。

金田一先生さえ帰ってくれれば、蝋面博士などへいちゃらだと、首をながくして待っているうちに、いよいよ、五月八日がやってきた。

飛行機が羽田空港へ着くのは、八日の午後八時の予定だが、新日報社では金田一耕助の友人の山崎編集局長をはじめとして、ふたりの幹部に探偵小僧もくわえて、自動車で羽田まで迎えにいった。

ところが、羽田へきてみると、途中ちょっとした事故があったので、飛行機が羽田へ着くのは、十二時すぎになるということだった。そこで一同は待合室へはいって、飛行機の着くのを待つことになったが、そこへ黒めがねをかけたボーイがあらわれて、一同にお茶をくばってまわった。

山崎編集局長をはじめとして、ふたりの幹部と探偵小僧も、なにげなくそのお茶をのんだが、ああ、すると、これはいったいどうしたことだろう。

一同はにわかに眠気をもよおして、まもなく四人が四人とも、ぐっすりと眠りこけてしまったのである。

待合室の窓からそれをのぞいて、ニタリと笑う黒めがねの男の、気味の悪い笑い顔。

太平洋をひととびにとんできた、巨大なジャンボ・ジェット機は、いまやゴーゴーたる爆音をとどろかせながら、羽田空港の上空にあらわれた。

そして、空港の空をゆるくせんかいしながら、着陸の準備をはじめている。飛行場では出迎えのひとびとが、手に手にハンカチをふって、歓迎の意をあらわしている。しかし、その出迎えのひとのなかには、新日報社のひとびとのすがたは、見られなかった。

見られないはずである。かれらはみんな待合室でこんこんと眠りこけて、ジェット機の着いたのも、知らないのだ。

やがて、みごとな滑走(かっそう)ののち、ジェット機が飛行場へ着陸すると、ドヤドヤと、なかから旅客がおりてくる。それらのお客は、みんな、出迎えのひとびとにとりかこまれて、うれしそうにお祝いのことばをうけている。なかには出迎えのひとと抱きあって、よろこんでいるアメリカ人もあった。

こうして、旅客がほとんどおりてしまったあとから、ただひとり、スーツケースを片手に、おりてきた風変わりな日本人があった。

年のころは三十五、六歳、よれよれの着物によれよれのはかま、それにいつ床屋へいったか、わからぬくらい、スズメの巣のようなもじゃもじゃの髪をした、小柄で貧相な男。およそアメリカ帰りのジェット機の旅客にはふさわしくないが、これこそは探偵小僧が待ちに待った名探偵、金田一耕助だったのである。

金田一耕助は飛行機からおりたつと、キョロキョロあたりを見まわしていたが、そこへつかつかと近よってきたのは、大きなちりよけめがねに、鳥打ち帽子をまぶかにかぶり、レーンコートのえりをふかぶかとたてた男である。

「金田一耕助さんですね。新日報社の自動車が待っております」

金田一探偵はいかにもなつかしそうに、故国の土をふみながら、ちりよけめがねの男のあとについていく。

「ときに、山崎編集局長は……？」

「はあ、一度迎えにおいでになったのですが、飛行機が四時間以上もおくれるというので、本社のほうで待っていられるはずです」

「それはお気のどくなことをしたね。途中悪気流にぶつかったんでね」

「でも、ごぶじでなによりでした」

「なんでも、いま東京では蝋面博士という怪物が、だいぶんあばれているというじゃないか。こんどは一つ、蝋面博士とやらを相手に、おおいにたたかわにゃ……」

「金田一さんが帰っておいでになったら、蝋面博士ももうだめですね。アッハッハ」

ちりよけめがねの男は、大声で笑うと、

「さあ、どうぞ、おのりください」

自動車には新日報社の社旗がかかげてあるので、さすがの金田一耕助も、なんのうたがいもいだかずに、なかへのりこんだ。

運転台にはサングラスの男がのっていたが、助手席にちりよけめがねの男がのりこむと、すぐ自動車を走らせた。

そして、それからやく五分ののちのこと。

ちりよけめがねの男がだしぬけに、運転台からうしろをふりかえると、

「金田一さん、おつかれでしょう。これをあげましょう」

と、耕助の鼻先につきつけたのは、麻酔ピストル。

「あッ、なにをする！」

と、金田一耕助は座席から腰をうかしかけたが、ピストルから、やつぎばやに発射される麻酔薬の霧にっつまれて、さすがに、ドウと座席に腰をおろすと、そのままこんこんと眠りにおちていったのである。

名探偵とらわる

それから、どれくらい時間がたったのか。

ふと目をさました金田一耕助は、なんだか、からだが宙にういたり、沈んだりするような気持ちだった。

しばらくあおむけにねころんだまま、耕助はただぼんやりと、あたりを見まわしていたが、とつぜん、さっきの恐ろしい思い出が、あたまのなかに、よみがえってきた。

大きなちりよけめがねをかけた怪運転手。鼻先につきつけられた麻酔ピストル。そのピストルから発射されるあやしい霧につつまれて、気をうしなったさっきの思い出……。

金田一耕助はギョッとして起きなおりかけたが、そのとたん、

「あいた、た、た！」

と叫んで、ドウとばかりに、あおむけにひっくりかえった。

気がつくと、からだじゅう、がんじがらめに、太いくさりでしばられて、身動きする

と、肉も骨もくだけるような痛さである。

「しまった！　やられた！」

と、さすがの金田一耕助も、おもわず、サッとまっさおになる。

しかし、そこは、ごうたんな金田一耕助、いたずらに、じたばたもがくようなことはしない。いったい、ここはどこだろうと、ねころんだまま耕助は、しずかにあたりを見まわした。

そこは箱のようにせまいへやで、低い天じょうには、すすけたランプがぶら下がっている。ペンキをぬった板壁には、丸い窓があいており、窓の下には壁に沿って木製の長いベンチが置いてある。床にはなんにもしいてなくて、耕助はそこに、くさりにまかれて、ころがされているのである。

とつぜん、天じょうのランプが、大きくゆれたかと思うと、へやぜんたいが、ぐんと左にかたむいた。

地震……？

耕助は、ドキリとしたが、まもなくへやはもとの位置にかえった。しかし、天じょうのつりランプは、時計のふりこのようにゆれている。

金田一耕助は、そのときはじめて、単調なエンジンのひびきと、ザ、ザ、ザと、水をきるような音に気がついた。ときどき、丸窓の外から、つめたいしぶきがとびこんでくる。口へとびこんだしぶきをなめると、塩からかった。ああ、耕助はいま海上にいるのだ。海上を走っていくランチのなかに、とらえられているのだ。

金田一耕助は、おもわずゾーッとするような恐ろしさを感じた。

見ると、耕助のからだにまきついたくさりのはしは、床にぶちこまれた鉄の環にしっかりとつなぎとめられているのである。これでは、身動きができないのもあたりまえだ。

あの大きなちりよけめがねをかけた男は、いったい何者であろうか。東京にはいま、蝋面博士という正体不明の怪物が、あばれまわっているということだ。

そして、じぶんはその怪物とたたかうために、アメリカからおおいそぎで呼びもどされたのだが、ひょっとすると、それを知った蝋面博士が、さきまわりをして、じぶんをとらえてしまったのではなかろうか。はたしてそうだとすると、さっきの大きなちりよけめがねをかけた男は蝋面博士の部下か、それとも、蝋面博士そのひとではなかったろうか。

金田一耕助が、ぼんやり、そんなことを考えているときである。まるで、耕助の考えを見ぬいたように、

「そうだ、そのとおりだよ、金田一耕助くん」

と、そういう声に、耕助がハッとそのほうをふりかえると、ドアのすき間からヌッと顔をだしたのは、あの気味の悪い蝋面博士である。

「だれだーっ、きさまはいったい何者だ」

「ウッフッフ、おれかね。おれは蝋面博士だ」

ああ、やっぱりそうだったのかと、金田一耕助はいまさらのようにゾーッとする。

「その蝋面博士が、いったいなんだって、おれをこんなところへ連れてきたのだ」

「うん。おまえにちょっと、話があるんだ。おい金田一耕助、ここで、はっきり約束しろ。おれのすることに、いっさい手だしをしないということを」

「きさまのすることと?」

「そうだ。ほんとうの人間にろうをぬって、きれいな蝋人形を作るのが、おれの楽しみなんだ。その仕事のじゃまを、しないでもらいたい」

「もし、ぼくがいやだといったら……」

「そのときはしかたがない。きさまをここで殺してしまうまでよ」

「どういうふうにして殺すつもりだ」

「なあに、わけないさ。そのくさりでしばったまま、海のなかへほうりこんでしまうんだ。ほら見ろ。くさりの先には、重い分銅がついている」

金田一耕助はだまって、蝋面博士の顔を見ている。

まるで、ろうで作ったようなぶきみな顔……しかし金田一耕助は、その顔の奥から、もっとべつな顔をさぐりだそうとしているのだ。

蝋面博士のその顔は、ほんとうの顔ではない。だれかが顔にろうをぬって、あのぶきみな顔を作りあげているのだ。

そのしょうこには、博士の声だ。博士はわざと年よりじみた、しわがれ声をだしているが、ときどきまじる若いひびき……。

蝋面博士は、顔や形で見るような老人ではない。

金田一耕助は、はやくもこれだけのことをさとった。蝋面博士は耕助のするどい視線にいすくめられて、目をパチパチさせながら、

「おい、金田一探偵、返事をしろ。いやかおうか」

「いやだ」

「な、なに。それじゃ、きさま、このまま海へほうりこまれてもよいというのか」

「おお、ほうりこむならほうりこんでくれ。きさまのような悪者の命令にしたがうくらいなら、いっそ死んだほうがましだ」

ああ、ここはいったん、蝋面博士のことばにしたがい、助かるくふうをしたほうが、よさそうに思えるのに……。

金田一耕助のそのことばをきくと、蝋面博士はバリバリと歯をかみならし、

「おのれ、よくもいったな。おい竹内三造、ここへこい。こいつを海へほうりこむのだ」

博士に呼ばれて運転台からやってきたのは怪運転手の竹内三造。

「先生、それじゃやっぱり、こいつを海へ……」

「うん、ほうりこんで息の根をとめてしまうんだ」

「わかりました。よっとこしょ」

床の鉄の環からくさりをとくと、蝋面博士と竹内三造は、金田一耕助のからだをかか

えて、デッキへでた。

外はすみをながしたようなくらやみで、風の音、波のうねりがものすごい。遠くのほうに、燈台の灯がちらほらと……。

「おい、金田一探偵、もう一度考えなおしては……」

「くどい。殺すなら、はやく殺してくれ」

「なまいきな。おのれー。おい竹内、それじゃ一、二、三の合図で、こいつを海へほうりこんじまえ。そら一イ……二イ……三ッ」

蝋面博士の合図とともに、ふたりの手をはなれた金田一耕助は、もんどりうってザンブとばかり、あれくるう海のなかへ……。

あとはうるしの闇のなかに、たけりくるう波の音ばかり。


名探偵の金田一耕助が、アメリカからの帰国そうそう、羽田空港からゆくえ不明になったといううわさほど、世間をおどろかせたニュースはなかった。

新日報社からは、山崎編集局長とふたりの幹部、それから探偵小僧の御子柴進少年が、羽田空港まで耕助を迎えにいったのだ。

ところが、待合室で飛行機の到着を待っているあいだに、あやしい男に眠り薬をのまされて四人とも前後も知らずに眠ってしまった。まもなくジェット機が到着し、そのジェット機から金田一耕助らしい人物がおりたったことは、多くのひとがみとめていた。

いや、それのみならず、新日報社の社旗をかかげた自動車にのって立ち去ったことまでおぼえている人物があった。

問題は、その自動車なのだ。

山崎編集局長たちののっていた自動車の運転手は、これまたあやしい男のはこんできた紅茶をのんで、いつとはしらず眠りこんでしまった。

そして気がついたときには、羽田空港のすみにある倉庫のなかで、さるぐつわをはめられ、がんじがらめにしばられていたのである。

何者とも知れぬ悪者。ああ、ひょっとすると、それは蝋面博士ではあるまいか……。

そういうことがわかったので、新日報社はいうにおよばず、警視庁でも、やっきとなって自動車のゆくえを捜索したが、そのよく日の昼すぎになって、新日報社の自動車が、品川の海岸にのりすててあるのが、発見された。

そういうところから、金田一耕助は海へ連れだされたのではないか、といううたがいが強くなったが、はたしてそれから二、三日ののち、こんどは大森の海岸にスーツケースがうちあげられた。

調べてみると、金田一耕助のものだったから、ああ、もうまちがいはない。耕助は悪者のために海へ連れだされたのだ。

そして……それからどうなったか。そこまではもう考えるまでもあるまい。

帰国以来、すでに一週間になるのに、いまだにどこからも、金田一耕助の消息がわからないところからみると、てっきりあの晩、耕助は蝋面博士の手にかかって、海の上で殺されたのにちがいない。

このいたましい耕助のさいごを思って、新日報社ぜんたいは、ちかごろ、とかくしめりがちだったが、そのなかでも、もっともなげき悲しんだのは、いうまでもなく、金田一耕助をだれよりも尊敬していた探偵小僧の御子柴進少年である。

羽田空港まで迎えにいきながら、不覚にも眠ってしまったばかりに、耕助を悪者にさらわれ、そのえじきにしたかと思うと、進は、はらわたもちぎれんばかりのかなしさ、くやしさだった。

きょうもきょうとて進は、社の用事で外出していたが、その帰り、有楽町の角までくると、そこに大きな張りぼてのサンドイッチマンが立っている。ゴリラのぬいぐるみを着ていた。

そして通りがかりのひとびとに、一枚ずつ宣伝ビラを渡している。進も一枚のビラを渡されて、なにげなく目を通すと、そこには、『キングコングの復活』とすってある。

「なんだ、映画の広告か……」

と進は、そのままビラをポケットのなかにつっこんだ。

尾行のふたり

ところが、それからまもなく、有楽町の角を曲がった進が、新日報社のまえまで帰ってきたときである。

むこうからきた自動車が、進のそばを走っていったが、ちょうど雨あがりのあとだったので、進は、ズボンにいっぱいどろをはねかけられた。

「ちくしょう、どうしたんだ。気をつけろよ」

進は、いまいましそうに自動車のあとを見送り、ポケットへ手をつっこんだが、その指先にさわったのは、さっきの宣伝ビラである。

それをとりだし、ズボンのどろをふこうとして、とつぜん、進は目を見はった。

探偵小僧よ

今夜九時ジャスト。日比谷公園の噴水のそばへきたまえ。

もし、このことばにしたがわぬと、高杉アケミはこんどこそ、蝋人形にされるであろう。

ただし、だれにも、ぜったいに、このことをしゃべってはならない。

蝋面博士の敵

宣伝ビラの裏がわに、こんなことが書いてあるではないか。進は、しばらくぼうぜんとその宣伝ビラに見いっていた。そのときうしろから、ポンと肩をたたいた者がある。

ギョッとしてふりかえると、そこに立っているのは、東都日日新聞の田代記者だ。

「アッ、田代さん、あなたはどうしてここへ？」

「いや、ちょっとね。金田一さんの消息をききにきたのだ。だけど、探偵小僧、どうしたんだい？　ひどくあわてているじゃないか。いまの紙になにか書いてあったのかい？」

田代記者は、さぐるように、進の顔を見ている。

「いえ、なに、べつに……それより、田代さん、あなた、どう思います。金田一先生は、ほんとうに殺されたんでしょうか？」

「さあね。金田一さんくらいの男だから、そうむざむざと蝋面博士のために殺されるとは思わないが……だいいち、あの男に死なれちまっちゃ、ぼくも、どうも張り合いがなくてこまるよ」

「どうしてですか？」

「だって金田一先生とおれとは、よい競争あいてだったんだからな。金田一先生が帰ってきたら、蝋面博士の一件で、名探偵に新聞記者と、職業こそちがえ、おおいに、ふたりで腕くらべをしようと思って、手ぐすねひいて待っていたのに……」

田代記者は、ちょっと顔色をくもらせたが、すぐ思いなおしたように、にっこりと笑うと、

「ごめん、ごめん。金田一先生がいなくても、新日報社には、探偵小僧という、ゆだん

のならぬ名探偵がいることを、つい忘れていたよ。アッハッハ……だけど、探偵小僧」

と、田代記者は、またジッと進の顔を見て、

「いまの紙、いったいなんだったのさ。あやしいぞ。ちょっとおれに見せろよ。な、いいだろう」

田代記者は手をのばして、進のポケットへつっこもうとする。

そうはさせじと、ヒラリととびのいた探偵小僧、

「いけませんよ、田代さん。そんなことをして、ひきょうですよ。さよなら……」

進は、そのまま新日報社へとびこんだが、そのうしろすがたを見送った田代記者はふしぎそうに小首をかしげ、

「あいつ、すこしくさいぞ。なにかまたかぎつけたんじゃあるまいか。こいつはちょっと、ゆだんがならない」

と、そんなことをブツブツと口のなかでつぶやきながら、いそぎ足で新日報社のまえを立ち去っていった。

ところが、田代記者の立ち去るのを待って、ソッと新日報社からでてきたのは探偵小僧の御子柴進少年だ。

田代記者の立ち去ったのをみすまして、やってきたのは、有楽町の角。見るとそこには、さっきのキングコングのぬいぐるみを着たサンドイッチマンが立っていた。

キングコングはごったがえすようなひとごみのなかを、ブラリ、ブラリと歩きながら、

道ゆくひとに一枚ずつ宣伝ビラを渡している。

探偵小僧の御子柴進少年は、こっそりそのあとをつけはじめたが、そのうしろから、もうひとりこっそりつけてくる者のあることを、さすがの探偵小僧も夢にも知らなかった。それは、田代記者である。

銀座のおもて通りは、ごったがえすようにひとが、ゆききしている。そのなかを、ブラリ、ブラリと歩きながら、キングコングは一枚ずつ宣伝ビラを渡していく。

ひとびとは異様なサンドイッチマンの歩いてくるのを見ると、目を見はって見送った。なかにはギョッとしたように、息をのむひともある。

探偵小僧は、そのサンドイッチマンの十メートルほどうしろから、ブラリ、ブラリとつけていく。

なにしろキングコングのサンドイッチマンはひとびとのあたまから、はるかに高く首がつきでているので、見うしなうような心配はなかった。それに、歩きかたもウシの歩みのように、ゆっくりしているので、つけていくのには楽だった。

キングコングのサンドイッチマンは、銀座から新橋のほうへ歩いていったが、新橋ぎわまでやってくると、こんどは歩道の反対がわを、ブラリ、ブラリとひきかえしてくる。

探偵小僧の御子柴進少年は、あいかわらず、そのあとをつけながら、しだいに胸がいらだってきた。この男、じぶんがつけてくるのを知って、わざとじらしているのではないか……と、思ったりした。

進は、よっぽどそばへよって、宣伝ビラの裏に書いてある文句について、きいてみようかと思った。しかし、すぐまたそれを思いなおした。あの文句のなかには、

「ただし、だれにも、ぜったいに、このことをしゃべってはならない」

と、書いてあったではないか。

こんなひとごみのなかで、うっかりそんなことをたずねて、ひとに気づかれてはならないのだ。進は、そう考えて、はやりたつ心をおさえていた。

それにしても、この異様なぬいぐるみのなかには、いったいどんなひとが、はいっているのだろうか。

あの文句のはじめに、探偵小僧よ、と、呼びかけているところをみると、じぶんを知っているひとにちがいないが、それはいったいだれだろう。みずから蝋面博士の敵を名のるところをみると、ひょっとすると、金田一先生ではあるまいか。

そう考えると、進は、うれしさに胸がワクワクした。しかし、それだけに進は、あせって、早まってはならぬと考えた。

〈金田一先生は、生きているのだ。しかし、なにかわけがあってすがたをかくしているのだ。そして、ひそかに、じぶんと連絡しようとしているのだ。そうだ、きっと、それにちがいない……〉

そう考えた進は、じれったいのをがまんして、しんぼうづよく、キングコングのあと

をつけていく。

ところが、ある四ツ角にさしかかったときである。

キングコングは、しばらくそこに立ちどまって、宣伝ビラをくばっていたが、きゅうに横町へはいっていった。進もそのあとをつけてはいったことは、いうまでもない。

表通りにくらべると、横町は、それほどひとどおりがない。キングコングは、その横町を、スタスタと、大またに歩いていく。

探偵小僧の御子柴進少年は、いよいよ胸をおどらせた。

金田一先生は、じぶんのつけているのを知っていて、どこか人目のつかぬところへ連れていこうとしているのではあるまいか。そうだ、そうだ、それにちがいない。

キングコングは、また道を曲がってせまい裏通りへはいっていった。その裏通りには、喫茶店がズラリとならんでいる。

キングコングは、リリーという看板のあがった喫茶店のまえまでくると、ドアの外に立ちどまって、キングコングのぬいぐるみをぬぎはじめた。

進は、ポストの陰に身をかくして、胸をワクワクさせながら、人形のなかからひとが出てくるのを待っていた。やがて、スッポリ人形をぬいで、なかからひとがでてきたが、そのひとの顔を見ると進は、

「アッ！」

と、おもわず声をもらした。

ちがっていたのだ。それは金田一耕助とは、にてもにつかぬ男だった。それでは、これは、ただのサンドイッチマンだったのか……？

進はがっかりした。失望のために泣きたくなった。

サンドイッチマンは、そんなことを知るはずもなく、キングコングのぬいぐるみを、店のまえに立てかけたまま、喫茶店へはいっていく。

進は、ポストのそばにたたずんで、しばらく思案をしていたが、とにかく、あのひとがビラをくれたのだ。なにか知っているにちがいない。

そう思ったものだから、あとから喫茶店へはいっていった。

喫茶店には、その男のほかに、だれも客はいなかった。その男は紅茶をのみながら、ケーキをたべていた。

進も、紅茶とケーキを注文した。そして、その男に話しかける機会をねらっていたが、ちょうど幸い、店のひとが奥へはいっていったので、進は、ソッとその男のそばへ近づいていった。

「おじさん、おじさん、このビラはおじさんがくれたんだね」

と、キングコングのビラをみせると、

「ああ、そうだよ、それがどうした」

と、あいては、ふしぎそうに進の顔を見ている。

「だって、裏に書いてあるこの文句はどうしたの？」

進が宣伝ビラの裏を見せると、その男はびっくりしたように、目を丸くした。

「おれは、そんなことは知らんよ。だれが、そんな文句を書いたんだ」

「だって、このビラ、おじさんがくれたんじゃないか……」

「フーム、妙だな。おれは、いっこうにおぼえがないが……」

「しかし、おじさん。おじさんは、ぼくを知っているんじゃない？　ここに書いてある探偵小僧というのは、ぼくのことだよ。おじさんは、ちゃんとそれをぼくに渡してくれたんだもの」

サンドイッチマンは、きゅうに、

「アッ！」

と、叫ぶと、身をのりだして、

「おまえ、そのビラ、どこでうけとったんだ」

と、たずねた。

「有楽町の角のところだよ、おじさん、あそこに立っていたじゃないか」

「ああ、そうか」

と、サンドイッチマンは、やっとそれでわかった、というようにうなずくと、

「小僧、それじゃ、それはおれじゃないんだ」

「おじさんじゃないって？」

こんどは、探偵小僧が目を丸くする。

「ああ、そうだ。まあ、おききき。さっき妙なことがあったんだ。おれが、あそこに立っていると、変なひとがやってきて、一時間ばかり身がわりをさせてくれというんだ。そうすれば、五千円やろうというんだよ」

「身がわりをやって、五千円？……」

進は、また目を丸くする。

「ああ、そうだ。あのぬいぐるみの人形のなかに、はいっているのも、あんまり楽じゃないからね。その身がわりをして、しかも五千円くれるというんだから、こんなうまい話はないじゃないか。そこで、おじさんは五千円もらって、あの人形を一時間だけ、そのひとにあずけたんだ。おまえにこのビラ渡したの、きっと、そのひとにちがいないよ」

「そして、おじさん、それ、どんなひとだったの？」

探偵小僧は、息をはずませる。

「そうだな。黒めがねをかけて、顔じゅうに黒いひげをはやしたひとだった」

ああ、ひょっとすると、それこそ、金田一耕助ではあるまいか。金田一先生が変装しているのではあるまいか……。

「おじさん、ありがとう！」

進はうれしさに、胸をワクワクさせながら、紅茶ものまずに、金をはらって、喫茶店をとびだしたが、そのうしろすがたを見送って、ポストの陰からでてきたのは、東都日日新聞社の田代記者だ。

「フフン。するとあのサンドイッチマンがなにか知ってるんだな。よし」

と、うなずきながら、田代記者も、喫茶店のなかへはいっていく。

悪魔のワナ

さて、その夜、八時半ごろのこと。

探偵小僧の御子柴進少年は、宣伝ビラの裏に書いてあった文句のとおり、日比谷公園の噴水のそばへやってきた。

昼間は、かなりひとのあつまる日比谷公園も、夜ともなれば、いたってさびしい。散歩するひともごくまれで、ところどころに立っている街燈の光も、わびしげである。

進は、噴水のそばに立って、ソワソワとあたりを見まわしている。進の胸は早鐘のように波うっているのだ。

九時になれば、金田一先生にあえるのだ。はやく九時になればよい……。

そう思うと、腕時計の針の進むのが、まどろこしくてたまらない。進は、じだんだをふみたいような気持ちだった。

すると、九時十分まえである。噴水のむこうがわから、池をまわって一つの影が、進のほうへやってきた。

池のそばに立っている街燈の光でみると、黒めがねをかけ、顔じゅうに黒いひげをはやした男……さっき、サンドイッチマンからきいた人相と、そっくりおなじ男である。

進はおもわずそのほうへかけよった。

「金田一先生……ですか？」

と、声をかけると、

「シッ！」

と、その男は、おさえるような手つきをして、

「わたしは金田一耕助ではない。金田一さんの使いで、きたのだ」

あいてが、金田一耕助でないとわかって、進は、ちょっと失望したが、すぐ気をとりなおして、

「それじゃ、金田一先生は生きているんですね。いったいどこにいるんですか？」

「それはいえない。しかし、きみをこれから、そこへ連れていこうというんだ」

「連れてってください。ぼくは金田一先生にあいたいんです」

「フム。しかし、きみはビラの文句を、だれにもしゃべりゃすまいな」

「ええ、ぜったいに……」

「よし、それじゃいこう。金田一さんも待っているから、いそいでいこう」

黒めがねの男は、ソッとあたりを見まわすと、探偵小僧の手をとって、公園のなかをかけぬけていく。

公園をでると、暗いところに自動車が待っていた。進がそれにのると、黒めがねの男

は、またソッとあたりを見まわし、それから進のそばにのりこんだ。自動車はすぐに走りだす。

「金田一先生は、どうしてすがたをかくしているんですか。なぜ、社にこないんですか？」

「金田一さんはな、死んだようにみせかけて、蝋面博士にゆだんさせ、そのまに博士のしっぽをつかもうとしているんだ」

「アッ、そうですか、そうですか。それで、もうしっぽをつかんだんですか？」

「フッフッフ、そうは問屋がおろさない」

「えっ！」

あいての声が、きゅうにかわったので、進は、ギョッとしてふりかえる。

「ウッフッフ、探偵小僧、きさま、まんまとワナにひっかかったなあ！」

と、いったかと思うと、腕をのばして、黒めがねの男は、探偵小僧の首を抱き、なにやらしめったハンカチを、しっかと鼻の上に押しつけた。

「アッ！」

進は、もがいた。あばれた。抵抗した。しかし、ハンカチにしみこんだあまいにおいが、鼻から脳へつきぬけると、進は、ぐったりと眠りこけてしまったのである。

それからどれくらいたったか……。

進が、ふと目をさますと、あたりは、うるしのような、くらやみである。

進は、ねころんだまま、しばらくぼんやり、くらやみのなかを見つめていたが、ふいにさっきのことを思いだした。

「しまった!」

と、心のなかで叫んだ進は、ガバととびおきると、いそいでポケットから懐中電燈をとりだした。進は、いつでも、万年筆がたの懐中電燈を、胸のポケットにさしているのだ。

進は、その光で、身のまわりを照らしてみたが、それで、はじめて床の上に、じかにねかされていたのだということに気がついた。それにしても、しばられていなかったのが、幸いである。

進は、四ツんばいになって、しだいに光の輪をひろげていく。しかし、いくら光の輪をひろげても、壁につきあたらないところを見ると、よほど広いへやらしい。

進の心臓は、早鐘のように鳴っている。

さっきじぶんに眠り薬をかがせた男……あれは、やっぱり、蝋面博士の部下にちがいない。じぶんは、まんまと、蝋面博士のワナにひっかかったのだ。

はやく逃げなければ……はやく逃げなければ、じぶんも蝋人形にされてしまうかもしれない。

進は、四ツんばいになったまま、そこらをはいまわっていたが、そのうちに、へやの一部にパッと明かりがついた。

進は、ギョッとして、あわてて懐中電燈の光を消すと、床の上に腹ばいになる。

見るとそこは、ウナギのねどこのように細長いへやで、電燈がついたのは、ずーっとむこうのほうだ。進のところまで光はとどかない。

それでも、進は、すこしでも暗いほうへとにじりよりながら、明るいほうへ目をやったが、とたんに、アッと息をのんだ。

明るい電燈の下に、見おぼえのある釜が置いてある。ろうを煮る釜なのだ。そして、その釜のそばのアームチェアに、死んでいるのか、眠っているのか、ぐったりとよりかかっているのは、まぎれもなく高杉アケミではないか。

ああ、それでは今夜、蝋面博士が、いよいよアケミさんを蝋人形にしてしまうのか……。

進は、身の毛のよだつような恐ろしさを感じながら、いそいであたりを見まわしたが、幸い、へやのなかにはだれもいない。しかも、アケミのむこうに、ドアがあけっぱなしになっている。

「いまのうちだ!」

進は、床の上にとびおきると、アケミのほうへ突進したが、とつぜん、

「アッ!」

と叫ぶと、うしろのほうへひっくりかえった。

なにかしら、目に見えぬ壁につきあたったのだ。

進は、しりもちをついたまま、あっけにとられたような顔色で、じぶんの目のまえを見まわしている。

それからやっと気がついて、両手をのばして、目のまえをなでてみたが、そのとたん、おもわずアッと息をのんだ。

なんと、アケミと進のあいだには、ガラスの壁がはってあるのだ。だからアケミのすがたはすぐ目のまえに見えながら、そばへ近づくことができないのだ。

「ちくしょう、ちくしょう、この壁め！」

進は、げんこつをかためて、壁をうったが、よほどあついガラスとみえて、びくともしない。

そのとき、むこうのドアから、ノロノロとはいってきたのは、あの気味の悪い蝋面博士。

蝋人形あやうし

ガラスの壁のむこうがわから、こっちへむかってくる蝋面博士のすがたを見たとたん、探偵小僧の御子柴進少年は、ああ、もうとてもだめだ。どうにもならなくなったと、かんねんした。

わかった、わかった。

あのざんこくな蝋面博士は、こんなあやしげなところへ連れてきて、わざとじぶんの目のまえでこれ見よがしに、アケミを蝋人形にしてみせようとしているのだ。

そうして、さんざんじぶんをこわがらせたうえ、さてそのあとで、ゆうゆうと、このじぶんもあの釜につけて、いよいよ恐ろしい蝋人形にしてしまうのだろう。

そう考えると、進は、からだじゅうの血という血が、一度にこおりつくような、恐ろしさを感じた。

しかし、その恐ろしさのなかから、また蝋面博士にたいする、なんともいえない怒りとにくしみが、胸いっぱいにこみあげてくるのだ。

そうだ。じぶんは、ここでいたずらに恐怖にとらわれて、恐れおののいているだけではいけないのだ。

かなわぬまでも、蝋面博士とたたかおう。そして、すきがあったら、アケミを連れて逃げだすのだ……。

そうと決心した進は、げんこつをかためて、むちゃくちゃに、あついガラスの壁をたたいた。

そうして、口をきわめて、蝋面博士をののしった。

その声がきこえたのか、きこえないのか、蝋面博士は、よちよちとアームチェアのそばに歩みよると、うなだれているアケミのあごに手をあてて、ぐいと顔をあげさせた。

眠り薬でものまされたのか、アケミはよくねている。

それがかえってアケミにとって幸せなのだ。もし目がさめていたらあまりの恐ろしさ、気味の悪さに、アケミはきっと気がくるって、変になってしまったろう。

蝋面博士は、アケミのあごから手をはなすと、なにか考えるような顔つきで、しきりにキョロキョロと、あたりを見まわしていた。だが、そのときまた、探偵小僧の御子柴進少年が、ひときわ声をはりあげて、どなったり、ガラスの壁をたたいたりしたので、ギョッとしたような、ようすでふりかえった。

それから、ふしぎそうな顔をして、しばらくこちらを見ていたが、きゅうになにやら叫びながら、両手をひろげると、いきなり進のほうへ走ってきた。進は、ギョッとして、本能的に一歩うしろへしりぞいたが、そのとたん、蝋面博士はいやというほど、ガラスの壁につきあたって、ヨロヨロとうしろへたじろいだ。

蝋面博士はあっけにとられたような顔つきで、ガラスごしに進の顔を見ている。

進はふしぎでならない。

蝋面博士のようすを見ていると、博士は、そこにガラスの壁があることを、知らなかったとしか思えないのだ。蝋面博士は、やっとガラスの壁をたしかめると、べったりと、それにすいついて、ガラスごしに、なにかいっている。

しかし、あついガラスにへだてられて、声はすこしもきこえない。

キンギョ鉢（ばち）のなかのキンギョのように、口がパクパクするばかりだ。ガラスにべったりと押しつけられたその顔が拡大鏡で見るようで、ゾッとするほど気味悪い。

探偵小僧の御子柴進少年は、あっけにとられて、博士の顔を見ていたが、そのとき、きゅうに博士がガラスの壁をはなれたかと思うと、むこうのドアからはいってきたのは、怪運転手の竹内三造。

竹内三造はあいかわらず、おおきなちりよけめがねをかけ、飛行服に飛行帽のようなものをかぶっている。

蝋面博士と竹内三造は、ろうを煮る釜のそばに立って、なにやら話をしている。話し声はきこえないが、釜のなかを気味悪い顔つきでのぞいたり、アケミをゆびさしたりしているところをみると、いよいよ、アケミを蝋人形にする恐ろしい相談をしているのだろう。

やがて、竹内三造が、アケミをかるがると抱きあげた。

そして眠っているアケミを手に、おもむろに釜のそばへ近よっていった。

釜のなかからは、白い湯気がたちのぼる。そこには、ろうが煮えくりかえってふっとうしているのだ。

ああ、そのなかへなげこまれたら……。

進は、やっきとなって、ガラスの壁のこちらから、どなり、叫び、じだんだをふんでいたが、そのとき妙なことが起こったのだ。

ふたりの蝋面博士

怪運転手の竹内三造が、いままさに、アケミのからだを、たぎりたっている釜のなかへ、なげこもうとしたときだ。

うしろに立っていた蝋面博士が、ステッキをさかさにもちなおすと、大上段にふりかぶり、ハッシとばかり、竹内三造ののうてんめがけて、ふりおろしたではないか。そのステッキの頭には鉛でもつめてあるにちがいない。一撃のもとに、怪運転手竹内三造は、アケミを抱いたまま、骨をぬかれたようにくたくたと、床の上にくずれおちた。

蝋面博士は床にひざまずき、竹内三造を調べていたが、やがて、進のほうをふりかえってニヤリと笑った。だが、すぐまたソワソワしはじめると、アケミを抱きおこし、アームチェアにすわらせると、気絶している三造の足をひっぱって、ずるずるとへやのすみまでひっぱっていった。

へやのすみには、大きなトランクが置いてある。蝋面博士はそのトランクのなかへ竹内三造を押しこむと、ていねいにふたをして、ピンとかけがねをおろした。それからまた、進のほうをふり返ると、口に指を一本あてて、だまっているように合図をすると、ドアのそばへ走っていき、ぴったり壁に背中を押しあてた。

と、そのとたん、ドアの外からはいってきたのは、ああなんと、これまた蝋面博士ではないか。

進は、あまりのふしぎなできごとに、ひっくりかえるほどおどろいたが、新しくはいってきた蝋面博士は、つかつかとガラスの壁のそばへよってきて、ニヤニヤと気味の悪い笑いをうかべながら、なにやらいっている。意地悪そうな、その目つきからして、これこそ、本物の蝋面博士にちがいない。しかし、そうだとすると、いまむこうの壁ぎわに立って、これまたニヤニヤ笑っている蝋面博士は何者だろうか。

進は手に汗をにぎって、ふたりの蝋面博士を見くらべていたが、新しくはいってきた蝋面博士は、そんなこととは気がつかない。ひとしきり、進をからかっていたが、やがて身をひるがえして、アームチェアのほうへ近よった。

そして、身をかがめてアケミの顔をのぞきこんでいたが、そのうしろへまわったのが、もうひとりの蝋面博士だ。

ポンとうしろから肩をたたくと、おどろいたのは、あとからはいってきた蝋面博士。はじかれたようにうしろをふり返ったが、そこに立っている、じぶんとおなじ顔とおなじすがたをした人間を見つけると、化けものにでもあったように、うしろへとびのいた。

「だ、だ、だれだ……お、おまえは……？」

あとからはいってきた蝋面博士は肩でゼイゼイ息をしながら、のどをしめつけられるような声をあげた。

「アッハッハ、だれでもない、蝋面博士さ」

「な、な、なにを……」

「おい蝋面博士、おたがいに、こんな子どもだましみたいな変装はよそうじゃないか。おれも変装をとくから、おまえも素顔を見せたまえ」

そういいながら、はじめにはいってきた蝋面博士が、両手で変装をむしりとると、あ、なんとそれは金田一耕助ではないか。

「ああ、金田一先生だ。先生はやっぱり生きていたんですね」

ガラスの壁のこちらがわから、探偵小僧の御子柴進少年は、こおどりせんばかりによろこんだ。いまや怪人物蝋面博士と、名探偵金田一耕助が、一メートルとへだたぬところに向かいあったのだ。

ふたりの目には、はげしいにくしみと敵意のいろがもえている。

やがて、蝋面博士はニヤリと笑って、

「アッハッハ、金田一耕助、しばらくだったな。このあいだはしっけいしたが、よくあのくさりがとけたな」

金田一耕助は、ゆだんなくピストルを身がまえながら、

「そんなことはどうでもいい。それより蝋面博士、はやくその変装をときたまえ。ぼくは、きみの素顔が見たいのだ」

「まあ、そうあせるな、金田一耕助」

蝋面博士は、あたりを見まわしながら、

「そのまえに、きさまに一つ、ききたいことがある」

「ききたいというのは、どういうことだ」

「そこに落ちているのは、竹内三造の帽子のようだが、きさま、三造をどうしたんだ」

「竹内三造というのはきみの部下のことだね。その男なら、いまあのトランクのなかに眠っているよ」

蝋面博士は、すみにあるトランクのほうをふりかえると、ギョロリと目をひからせて、

「アッハッハ、そうか。きさまはその変装で、三造をだましたんだな」

「そうだ。きみのほうがきみのほうなら、ぼくのほうもぼくのほうだ。だが、そんなことはどうでもいい。蝋面博士、はやくその変装をときたまえ」

「まあそうあせるな。おい金田一耕助、おれがもし、素顔を見せるのがいやだといったら、きさまはどうする気だ」

「なに、いやだと?」

耕助はキッと、ピストルを身がまえながら、

「いやだといえば腕ずくでも、ぼくはその変装をもぎとってみせる。それに蝋面博士、きみにはあの足音がきこえないのか」

「なに、足音……」

蝋面博士はギョッと息をのんだが、そのとき、いりみだれた足音が近づいてきたかと思うと、ドアの外にあらわれたのは、おなじみの等々力警部をはじめとして、厳重に武

装した警官が数名。

蝋面博士はそれを見ると、怒りにからだをふるわせて、

「おのれ、金田一耕助。それではきさまは、警官にこのかくれ家を知らせたのだな」

「まさにそのとおり、きみのような悪者は、一日もほうっておけないから、警部さんにたのんで牢屋へぶちこんでもらうつもりだ。警部さん、しばらく」

等々力警部は、あっけにとられたような顔をして、しばらくふたりを見くらべていたが、

「おお、そういうあなたは、金田一耕助さんではありませんか。それじゃ、あなたは生きていたのですか」

「アッハッハ、生きていましたよ」

「そして、さっきここへくるように電話をかけてくださったのは、あなたでしたか」

「そうです、そうです。ぼくは死んだふりをして蝋面博士をゆだんさせ、とうとうこのかくれ家をつきとめたのです。警部さん、はやく蝋面博士に手錠をかけてください」

「よし、蝋面博士、おとなしくしろ」

警部は、手錠をガチャガチャいわせながら、へやのなかへはいってくる。そのうしろには武装警官が、キッとピストルを身がまえている。

ああ、蝋面博士はいまや袋のなかのネズミも、どうぜんであろうか。

動くへや

「ち、ちくしょう!」

蝋面博士はくやしそうに歯ぎしりしながら、ジリジリジリジリとあとずさりする。しかし、そのあとずさりにも限度がある。

やがて、蝋面博士はぴったりと、ガラスの壁に背をつけて、それから一歩も、動けなくなった。

そのとき、等々力警部は、はじめて探偵小僧に気がついて、

「おお、そこにいるのは探偵小僧じゃないか。きみは、どうしてこっちへこないのだ」

「警部さん、探偵小僧はこっちへくるにも、これないんですよ。あそこには目に見えぬガラスの壁があるんです」

「なに、ガラスの壁……?」

等々力警部は歩みよって、ガラスの壁をなでまわすと、

「なるほど、わかった。それでこの蝋面博士も動けなくなったんだな。アッハッハ、いいきみだ。おい蝋面博士、手錠をうけろ」

蝋面博士はガラスの壁にぴったり背中をくっつけたまま、追いつめられたけだもののような目つきをしていたが、いましも、等々力警部が手錠をさしだした瞬間である。と

つぜん、博士のこぶしがとんだかと思うと、ふいをつかれた等々力警部、ものすごいアッパーカットの一撃をくらって、五、六歩うしろへすっとんだ。

「おのれ、てむかいするか」

金田一耕助をはじめとして、武装警官の一行が、あわててピストルを身がまえたときは、おそかったのだ。

目に見えぬガラスの壁の一部分が、クルリと回転したかと思うと、蝋面博士は、進のすぐ目の前に立っていた。

「アッ、おのれ」

金田一耕助はじめ一同は、蝋面博士めがけてズドン、ズドンとぶっぱなす。しかし、ガラスの壁はもとどおりぴったりしまって、たまはいたずらに、それにあたってはねかえるばかりだ。

蝋面博士はガラスの壁のこちらがわから、一同にむかって、ひとをこばかにしたようなおじぎをすると、やにわに腕をのばして進の首ったまをとらえた。

「アッ、助けてえ！」

「しずかにしろ！　おまえがここにいてはじゃまになるんだ！」

叫んだかと思うと、蝋面博士は進をガラスの壁に押しつけて、強く床をふんだかと思うと、またしても、ガラスの壁の一部分が、ものすごいいきおいで回転して進は警官たちの足もとにはねとばされた。

こうして、蝋面博士はガラスの壁のむこうがわに、ただひとりのこっていたが、それにしてもいったいどうして逃げようというのだろう。そこは三方をあつい鉄板でかこまれた、四畳半ぐらいのせまいへやで、どこにも窓や入り口はない。そんなところへ逃げこんで、いったいどうするつもりだろう。

すごいアッパーカットをくらった等々力警部は、いまいましそうにあごをなでながら、

「ちくしょう。じぶんからあんなところへとびこみやがって、これがほんとの袋のネズミか、カゴの鳥だ。とびだしてくるまで、ここにがんばってやろう」

金田一耕助は注意ぶかくガラスの壁を調べたが、どんな仕掛けになっているのか、どうしても回転するところがわからない。

だいいちガラスのつぎ目さえわからないのだ。と、そのとき、またガラスの壁のむこうがわで蝋面博士が帽子をとって、ひとをこばかにするようなおじぎをした。

と思うと、どこからか、ギリギリギリギリと歯車のかみあうような音……それをきくと耕助はなにかしらハッとして、

「アッ、みんなゆだんするな。なにか変なことが起こるらしいぞ」

金田一耕助のそのことばも終わらぬうちに、世にも変てこなことが、一同の面前で起こったのだ。

ギリギリ……ギリギリ……

歯車のかみあうような音につれて、ガラスの壁のむこうのへやが、すこしずつ、すこ

しずつ、上へあがっていくではないか。

「アッ、へやが上へあがっていく！　へやが上へあがっていく！」

進はおどろいて、気ちがいのように叫び、どなった。

「アッ！　しまった！　しまった！　あのへやはエレベーターみたいに、上下に移動するようになっているのだ！」

「ち、ちくしょう！」

警官たちは、いっせいに、ガラスの壁にむかってピストルをぶっぱなした。しかし、あつい防弾ガラスは、たまを通すどころか、カチッ、カチッとはねかえす。

蝋面博士はじだんだふんでくやしがる一同を、ニヤニヤとあざ笑いながら、へやごとしだいしだいに上のほうへあがっていく。と、それにつれて下のほうから、ひとつのへやがせりあがってきた。そして、蝋面博士のいるへやが、すっかり上にかくれると同時に、そのかわりとして、一同の面前にあらわれたのは、さっきと少しもちがわぬへやだが、見るとそのへやのなかには、大きなソファーが置いてあり、ソファーには、三人のかわいい少女が眠っている。

三人ともフランス人形のようなうつくしい洋服をきて、ひとりの少女が中央に、あとのふたりは左右に、その少女に抱かれるようにして、やすらかに眠りこけているのである。

「アッ、あれはオリオンの三姉妹だ！」

　ガラスの壁にむしゃぶりついていた進が、三人の少女を見て、おもわず大声で叫んだ。

「なに、オリオンの三姉妹というのは、いったいなんだ」

「オリオンの三姉妹というのは、いま日比谷の東都劇場へでている、とてもかわいい人気者なんです。歌もじょうずだし、おどりもじょうずだというので、子どものあいだにとても人気があるんです」

　ああ、そのオリオンの三姉妹が、いまガラスの壁のむこうがわに、眠っているところをみると、きっと、蝋面博士にとらえられたにちがいない。

　蝋面博士はその三人を、蝋人形にしようとしているのだ。

「ち、ちくしょう。しまった。その壁をたたきこわせ！　ガラスの壁をはやくたたきこわすんだ！　いそげ！」

　警部の声に、一同はやっきとなって、ガラスの壁を一生けんめいたたいたが、そんなことで、こわれるような壁ではない。

　そのうちに、またそのへやが、ギリギリと、上のほうへしだいにのぼっていったかとおもうと下からまた、べつのへやがせりあがってくる。

　あまりのことに一同は、目を皿のようにして、ガラスの壁のむこうを見ていた。

　わかった、わかった！

　みなが、いっせいにふりあおぐと、ガラスの壁のむこうには、三階つづきのエレベーターが仕掛けてあるのだ。

そして、いま目のまえに、せりあがってきたへやのなかには、男がひとり、がんじがらめにしばられて、床の上にころがっている。

そして、その男の上にのしかかるようにしてのぞいているのは、おどろいたことに、なんとさっき、金田一耕助がへやのすみのトランクへ押しこめておいたはずの、怪運転手の竹内三造ではないか。

さすがの耕助も、おどろいた。

「しまった！」

と、色をうしなって叫んだ金田一耕助が、へやのすみへとんでいって、トランクのふたを、いそいでひらいてみると、底にパックリと穴があいて、なかはむろん、だれもはいっていない。いもぬけのからである。

「ウフフフ」

怪運転手の竹内三造は、大きなちりよけめがねの奥から、ニヤリと笑うと、床に倒れている男を抱きおこして、一同のほうへ顔をむけたが、その顔をみると、おどろいたことに、なんとそれは、東都日日新聞社の田代記者ではないか。

怪運転手の竹内三造は、田代記者をつきたおすと、一同にていねいなおじぎをして、それからゆうゆうとドアをひらいて、へやをでていった。

三つめのそのへやだけには、外へでるドアがついているのだ。

「ちくしょう。しまった、しまった」

金田一耕助はもじゃもじゃの髪の毛をかきむしり、じだんだふんでくやしがっている。袋のネズミとなった蝋面博士をとらえる日はついにきたと思ったのに、またしても、いまひといきというところで逃げられた。

オリオンの三姉妹

「ちくしょう、ちくしょう。蝋面博士に、またしてもやられてしまったか！」

ガラスごしの目のまえに、みすみす蝋面博士や、竹内三造のすがたを見ながら、とり逃がした残念さ。

金田一耕助は、スズメの巣のような髪の毛をかきむしってくやしがっていたが、そのうちに進が大声で、

「アッ、金田一先生。これです、これです。このいぼです。きっとこのいぼが、なにかの仕掛けになっているにちがいありません」

と、叫びながら指さしたのは、床からとびだしている、ウメの実ほどの小さないぼだ。

進は、こころみに、そのいぼの上に片足をかけて、強くふんでみたが、ガラスの壁はビクともしない。

しかし、そのいぼになにか仕掛けがあるらしいことは、ふめばゴムのような手ごたえがあり、床のなかへ引っこむことでもわかるのだ。

「こんちくしょう。これでもか、これでもか！」

と進はガラスの壁に背をもたせ掛けて、二度、三度強くふんだが、三度目に強くふんだそのとたん、ガラスの壁の一部分が、ものすごいいきおいで回転したかと思うと、はずみをくらって、進は壁のむこうにはねとばされた。

「アッ、やっぱりこのいぼだ！」

こうして仕掛けがわかればなんでもない。金田一耕助をはじめとして、等々力警部や部下の刑事も、つぎからつぎへと、いぼをふんでガラスの壁のむこうがわへとびこんだ。

そこには東都日日新聞の田代記者が、がんじがらめにしばられて、床の上にころがされている。

眠り薬でもかがされたのか、田代記者は、こんこんと眠っているのだ。

金田一耕助は、それを警部や刑事にまかせておいて、探偵小僧の御子柴進少年とともに、さっき怪運転手の竹内三造が逃げだしたドアから、外へとびだした。

そこには、せまいろうかがついており、ろうかの端には、上へのぼる階段と、下へおりる階段がついている。

金田一耕助と探偵小僧の御子柴進少年は、その階段のところまでかけつけると、下をのぞいてみたが、むろん、もうどこにも竹内三造のすがたは見えない。

それよりも気になるのは、さっきエレベーター仕掛けで、上へのぼっていった、オリオンの三姉妹のことである。

「探偵小僧、さあ三階へのぼってみよう」

「はい、金田一先生」

三階へのぼる階段は、まっくらだが、探偵小僧は、いつも万年筆がたの懐中電燈をもっている。

それは耕助とておなじこと、いついかなる場合でも懐中電燈は手ばなさない。

その光をたよりにして三階へのぼっていくと、ろうかが直角についている。

その廊下をつたって、角を曲がると、むこうのろうかの曲がり角から、ほのかな光がさしていた。

「き、金田一先生……」

「シッ、しずかに」

ふたりは足音をしのばせて、ろうかの曲がり角までやってきたが、と、みると、一つのドアがひらいて、そこからほのかな光がもれているのだ。

金田一耕助と御子柴進少年は、そのドアのそばまでやってきて、ソッとなかをのぞいたが、そのとたん、思わず、アッと息をのんだ。

そこには、いままで耕助や進がいた階下のへやとそっくりおなじつくりかたで、むこうのほうに大きなソファーが置いてあり、そこにはオリオンの三姉妹が、さっきガラスごしに見たとおなじ姿勢でスヤスヤと眠っているのだ。

「アッ、金田一先生、あそこにオリオンの三姉妹が眠っている！」

「よし！　しかし、このへやにもガラスの壁があるかもしれない。気をつけろ！」

　しかし、幸いそのへやには、目に見えぬガラスの壁もなく、ふたりはやすやすと、オリオンの三姉妹のそばへ近よった。そして、

「きみ、きみたち、おきたまえ。しっかりしたまえ」

　と、金田一耕助と進は、それぞれ三姉妹のひとりに手をかけたが、そのとたん、ふたりはおもわず、アッと叫んでとびのいた。

　なんと、オリオンの三姉妹と思ったのは三姉妹の顔にそっくりの三体の蝋人形ではないか。

「き、き、金田一先生！」

　探偵小僧の御子柴進少年は、まっさおになって、耕助のほうをふりかえった。

「ひょ、ひょっとするとこの中に、三姉妹の死体が……」

「よし！」

　と、金田一耕助も顔色をかえて、キッとくちびるをかみしめると、ポケットからとりだしたのは、一ちょうのナイフだ。

　耕助はそのナイフで、一つ一つ蝋人形のろうをおとしてみたが、べつに死体がなかにはいっているようでもなかった。

「探偵小僧、これはふつうの蝋人形だぜ。べつになんにも、あやしいところはないようだ」

「変だなあ、金田一先生、蝋面博士はなんだって、三姉妹の蝋人形を作ったんでしょう」

「ひょっとすると、いつかこうして三姉妹を蝋人形にする、というナゾじゃないか」

「ああそうだ、そうだ。きっとそれにちがいない。ああ、金田一先生、ここになにやら、書いてありますよ」

探偵小僧の御子柴進少年がゆびさしたのは、一つの蝋人形の背中である。

ふたりが見ると、そこには、たんざくがたの、真っ赤な紙がピンでとめてあり、紙の上にはスミくろぐろと、『十月十日』と、書いてある。

「十月十日……？　十月十日といえば、あさってだね」

「そうです、そうです。金田一先生、蝋面博士は、いつでもじぶんが悪事をはたらく日を予告するんです。だから、あさって蝋面博士が三姉妹を……」

金田一耕助と進が、おもわず顔を見あわせたとき、だしぬけに、下からきこえてきたのは、ピストルの音。

「アッ、あの音はなんだ！」

ふたりはギョッとふりかえったが、そのとたん、おもわずアッと息をのんだ。

なんと、ウナギの寝床のように細長いへやが、またもや二つにちょんぎれて、金田一耕助と探偵小僧のいる部分が、いまやまた、しずかに下へ沈んでいくのだ。

「アッ、へやが沈んでいく。へやが沈んでいく……」

探偵小僧の御子柴進少年は、気ちがいのように叫んで、へやのむこうの部分にとびつこうとしたが、気がついたときには、もうすでにかなり床がくいちがっている。

「あぶない！　御子柴くん、よしたまえ！」

金田一耕助は、あわてて探偵小僧を抱きとめると、ぼうぜんとして、床につっ立っている。

下からはひとしきり、ズドンズドンと、ピストルの音がきこえてきたが、それもつかのま、まもなくピストルの音がやんだかと思うと、耕助たちのいるへやは、一階下へずりおちて、ガラスの壁のこちらがわへピタリととまった。

と、そのとたん、金田一耕助と探偵小僧の御子柴進少年は、またもギョッと息をのんだ。ガラスの壁のむこうがわには、まだ高杉アケミがこんこんと、アームチェアのなかで眠っているのだが、そのそばに立っているのは、なんとちりよけめがねをかけた怪運転手の竹内三造ではないか。

わかった、わかった！

怪運転手の竹内三造は、警官たちがぜんぶ、ガラスの壁のこちらがわへとびこんだのを幸いに、エレベーター仕掛けのへやをすべりおろして、そのまにアケミをうばっていこうとしているのだ。

「おのれ！」

金田一耕助はやっきとなって、仕掛けのボタンを足でふんだが、輪がくいちがっていると見えて、回転ドアはひらかない。

そのまに竹内三造は、眠っているアケミを抱きあげると、ニヤリとこちらにあざけるような笑いをのこして、ゆうゆうとしてあのトランクのなかへはいっていく。

「おのれ、おのれ！　その子をやっては……」

金田一耕助はじだんだふんでくやしがったが、あついガラスの壁にへだてられて、どうすることもできないのだ。

「御子柴くん、御子柴くん。どこかそこらにエレベーターを運転するボタンはないか」

耕助のことばに進は、大いそぎで壁を調べてみたが、そのうちにやっと見つけたのは、二つのボタンだ。

こころみに、そのうちの一つを押すと、へやがすこしうきあがる。

あわててもう一つのボタンを押すと、こんどは下へずりおちる。二、三度、そんなことをしているうちに、やっと床と床とがぴったりあった。

「しめた！」

と、叫んだ耕助が、床のいぼを三度ふむと、こんどはしゅびよく回転ドアが回転して、金田一耕助と探偵小僧の御子柴進少年は、同時にガラスの壁のむこうがわへはじきとばされた。

金田一耕助と探偵小僧は、ただちにトランクのほうへ走りよったが、そのとき、へやの外からドヤドヤといりみだれた足音がきこえてきて、ピストル片手に、血相かえておどりこんできたのは、等々力警部をはじめとして、刑事や警官、それに田代記者も目がさめたらしく、緊張した顔がまじっていた。

「おお、金田一さん、ここにいたんですか。ちりよけめがねの男はどこにいます？　高杉アケミはどうしました」

「ああ、警部さん。高杉アケミはちりよけめがねの男が抱いて、このトランクの抜け穴から、逃げだしたんです」

トランクのふたをひらくと、ポッカリ底がひらいて、まっくらな縦穴のなかに、鉄ばしごがついている。

金田一耕助をはじめ、一同はその穴へもぐりこんだが、その抜け穴は、地下室までつづいた。

しかし、もうそのころには、怪運転手の竹内三造も、高杉アケミのすがたも、どこにも見あたらなかった。

「しまった！　しまった！　アケミのそばに、だれか残しておくんだった」

と、等々力警部はじだんだふんでくやしがったが、すでにあとのまつりである。

「しかし、警部さん。怪運転手のすがたを見たとき、なぜ、回転ドアからとびださなかったんです」

金田一耕助は、いくらか不平そうな顔色だ。

「いや、それがね、金田一さん。気がついたときは、すでにへやが、ぐんぐんさがりかけていて床がくいちがっていたもんだから、回転ドアの仕掛けがきかなかったんです」

なるほど、そういわれてみると、どうにもしかたがない。

金田一耕助は、田代記者のほうをふりかえってきいた。

「田代くん、きみはどうしてここへきたんだ」

「ああ、金田一先生、しばらくでしたね。ぼくはね、きょうの昼間、この探偵小僧を尾行してキングコングのサンドイッチマンの男から、探偵小僧が、今夜、日比谷公園の池のほとりへいくことを知ったんです。

それで、日比谷公園から、探偵小僧を尾行して、この洋館へしのびこんだところが、また蝋面博士につかまって……」

田代記者は頭が痛むのか、顔をしかめてひたいをもんでいる。

「金田一先生、サンドイッチマンの男がぼくに渡してくれた通信は、金田一先生からじゃなかったんですか」

「いや、あれはぼくだ。だからぼくは今夜、約束の時間に日比谷公園へいって、きみのくるのを待っていた。

しかし、やってこないので、ひとりでこっちへやってきたんだ。だが、そうすると、田代くんのほかにも、あの通信文をぬすみ読みしたやつがあるんだな」

金田一耕助はまじまじと、田代記者の顔を見ながらつぶやいた。

悪魔と少女

こうして、せっかく蝋面博士を追いつめながら、ほんのわずかなゆだんから、博士をとり逃がしたばかりか、またしても、高杉アケミをうばい去られた残念さ。

金田一耕助はじだんだふんでくやしがったが、しかし、いっぽう、新日報社や探偵小僧の御子柴進少年にとっては、死んだと思った耕助が、ぶじに生きていたのだから、これほど大きなよろこびはない。山崎編集局長は、耕助をなぐさめ、はげまし、あらためて、蝋面博士とたたかうことをたのんだ。

あの羽田空港から、じぶんを連れ去った腕前といい、こんどのあのきばつなエレベーターの仕掛けといい、金田一耕助はいまさらのように、蝋面博士がひとかたならぬ大悪党であることを思い知らされ、それだけにまたいっそう、ファイトももえるのだ。

さて、その大悪党の蝋面博士は、高杉アケミをうばい去ったばかりか、いまや、オリオンの三姉妹をねらっているのだ。

では、そのオリオンの三姉妹とはどういう少女たちか。それをちょっときみたちに説明しよう。

そのころ、日比谷の東都劇場で、東京じゅうの少年少女の人気をあつめている三人の姉妹があった。上からじゅんに、月子、雪子、花子といって、としは十四歳、十三歳、十二歳と一つずつちがっている。

この三少女のかわいさは、それこそフランス人形のようであった。しかも、歌もじょうずだし、おどりもたっしゃ、お芝居もうまいときているので、またたくまに有名になって、東京じゅうの少年少女たちばかりでなく、おとなのあいだでも、人気の的となった。

きみたちは、空にかがやく星座のなかに、オリオン星座というのがあるのを知っているだろう。

そのオリオン星座のなかに、とくに美しくかがやいている、三つの星があることも、きみたちは知っているはずだ。

その三つ星をオリオンの姉妹といっているが、月子、雪子、花子のうつくしさ、かわいさは、その三つ星ににているというところから、だれいうとなく三人は、オリオンの三姉妹と呼ばれていた。

さて、蝋面博士の予告した十月十日のことである。

東都劇場は、今夜も満員の盛況だが、その楽屋の一室では、オリオンの三姉妹、月子、雪子、花子の三人が、むつまじくお化粧によねんがない。

「ねえ、月子おねえさま、あたし、なんだか今夜は変な気がしてならないの」

そういったのは、一ばん下の妹の花子である。

「あら、どうしたの、花子さん?」

姉の月子は、かがみのなかをのぞきながら、ふしぎそうな顔で、そういっている花子を見る。

「だってねえ、おねえさま。楽屋の外に五、六人もおまわりさんがうろうろしているのよ。それに、さっき舞台から見物席のほうを見たら、そこにもおまわりさんが大ぜいいるの。今夜、なにかあるのかしら？」

「そうそう、そういえば、あたしも変に思ってるのよ」

と、口をはさんだのは、まんなかの雪子だ。

「ひょっとすると、今夜わたしたちのところへ、悪者でもしのびこんでくるんじゃないかしら？」

警察では、むやみに三少女をおびえさせてはならぬと、まだ、蝋面博士のことはいってないのだ。

したがって、世にも恐ろしい大悪党にねらわれているのが、じぶんたちであるということは、神ならぬ身の知るよしもなく、三姉妹はむじゃきにそんな話をしている。

雪子の話をきいて、

「まあ、いやあねえ」

と、姉の月子はほそいマユをひそめたが、

「でも、そんなこと、気にしてもしかたがないわ。あたしたちには、関係のないことなんだもの。それより、あたしたちはそんなことは考えないで、一生けんめいにやりましょう。今夜から番組がかわったんだから、しくじっちゃだめよ」

といって、月子がふたりの妹をはげましているところへ、

「こんばんは……」

と、ぶきみな声ではいってきたのは、ああ、なんと蝋面博士ではないか。

「あら、いやだ。いまからそんな気味の悪い声をだして……あんまりおどかさないでよ」

なんとふしぎ、月子は蝋面博士を知っているのか、べつにこわがりもせず、かえってぎゃくにたしなめている。

すると、蝋面博士もアッハッハと笑って、

「どうです、月子さん。これで新聞にのっていた蝋面博士のモンタージュ写真に、にているでしょう」

と、ノロノロ床(ゆか)を歩いてみせる。

「ええ、そっくりよ。あたし、なんだか気味が悪くなってきたわ。あなた杉浦(すぎうら)さんでしょうね。ほんとの蝋面博士じゃないわね」

と、雪子が気味悪そうに念をおす。

「とんでもない。ぼくは杉浦三郎ですよ。ほらね」

と、蝋面博士のふんそうをした男が、帽子をとって、ちょっとカツラの端をあげると、いちばん下の花子も安心したように、

「ああ、やっぱり杉浦さんだわ。でもおじょうずねえ。蝋面博士にそっくりよ。杉浦さ

んだとわかっていても、なんだか気味が悪いわ」

「杉浦さん、おねがいだから、舞台であんまりおどかさないでね。あたしこわがりだから、舞台で気絶するかもしれないわ」

ああ、なんということだ。

いま、ここへあらわれた蝋面博士というのは、東都劇場の人気役者、杉浦三郎なのだ。では、なぜ杉浦三郎が蝋面博士のふんそうをしているのかといえば、東都劇場ではきょうから番組がかわり、『悪魔と少女』というミュージカルをだすことになっているのだが、その悪魔とは、いま評判の蝋面博士をさしているのだ。

つまり、蝋面博士が少女たちをゆうかいして、かたっぱしから蝋人形にしようとするが、けっきょくみんな失敗したあげく、オリオンの三少女によって、とらえられるという筋を、歌やおどりをおりまぜてミュージカルにしたて、人気役者の杉浦が蝋面博士に扮することになっているのである。

まんなかの雪子があんまりこわがるので、杉浦三郎はおもしろがって、

「あんまりこわがらさないで、といったところで、こわがらせるのがぼくの役だもの。……雪子さん、あんたはきれいだねえ。ウッフッフ！」

と杉浦の蝋面博士が、指さきにはめた長いつめで、雪子のあごをくすぐると、

「アレー、気味の悪い……」

と、雪子はいまからもうこわがっている。

「杉浦さん、およしなさいよ。そんなことは舞台ですることよ。雪子さんもなんですよ。そんなことじゃお芝居できないじゃないの」

いちばん姉の月子がたしなめているところへ、開幕のベルがきこえてきた。

「アッハッハ、雪子さん、ごめん、ごめん。それじゃ、ぼくはお約束のところから、舞台へあらわれるからね」

杉浦三郎の蝋面博士は、オリオンの三姉妹のへやをでると、うすぐらい舞台裏へやってきた。すると、

「ああ、杉浦くん、ちょっと、ちょっと」

と、呼ぶ声がきこえた。

「えっ、だれ？」

杉浦はあたりを見まわしたが、ゴタゴタと大道具の置いてある舞台裏には、人影もない。

「杉浦くん、ここだよ、ここだよ。ちょっときてくれたまえ」

そういう声は、ミュージカルにつかう大きな、はりこの木のむこうからきこえるのだ。

「ああ、松崎先生ですか」

杉浦三郎はその声を、ミュージカルの作者松崎先生とまちがえて、なにげなくはりこの木のむこうへまわったが、そのとたん、全身の毛という毛が、さかだつほどのこわさを感じた。

なんとそこには、じぶんとそっくりおなじ顔かたちをした蝋面博士が、ピストル片手に立っているではないか。

杉浦三郎はなにかいおうとしたが、あまりのこわさにのどがふさがって、声がでないのだ。

「ウッフッフ、おまえがいちゃ、じゃまになるから、しばらくここに眠っておいで」

杉浦の鼻先にピストルをつきつけた蝋面博士が、ひきがねをひいたかと思うと、なかからとびだしたのは、あまずっぱいにおいのする霧だ。それをかぐと杉浦は、雪だるまがとけるように、クタクタとその場へ倒れていった。いつか金田一耕助がやられた、麻酔ピストルにやられたのだ。

筋書どおり

そんなこととは夢にも知らない、こちらは見物席である。

舞台にいちばん近い二階のボックスに、さっきからかたずをのんでひかえているのは、金田一耕助と探偵小僧の御子柴進少年。

「ねえ、金田一先生。ぼく、なんだか心配でたまりません。この『悪魔と少女』の悪魔というのは、蝋面博士のことだそうですが、そんなことをして、蝋面博士をおこらせたら、いよいよしゅうねんぶかく、オリオンの三姉妹をねらうのじゃないでしょうか」

「フム、ぼくもそれを気にしているのだが、あそこに警部さんもいることだし、劇場のまわりには、刑事さんが大ぜい見張っていることだから、まさか、ここでまちがいが起こるようなことはあるまいよ」

「それならいいのですけれど……」

探偵小僧の御子柴進少年にはわからなかったが、等々力警部をはじめとして、大ぜいの刑事たちが変装して、劇場のあちこちに張りこんでいるのだ。

そのうちに開幕のベルがなり、オーケストラの音とともにスルスルと幕がひらくと、まず第一景は、『蝋人形のおどり』である。

蝋人形になった少女たちの夢のようなおどりがおわると、いったん舞台が暗くなり、ふたたびそれが明るくなったとき、舞台は夜の銀座の町角で、正面に大きな広告塔が建っている。

そこへオリオンの三姉妹の扮した、三人の花売り娘があらわれて、しばらくおどりがあったのち、ちかごろは蝋面博士という悪者があらわれて、かわいい少女をゆうかいしては、蝋人形にするそうですから、おたがいに気をつけましょうと、そんな会話をしているところへ、

「ウッフッフッフ」

と、気味の悪い声が広告塔のなかからきこえてきた。

「あれ、あの声はなんでしょう？」

「なんだかあたし、気味が悪いわ」

「そこにだれかいるの」

三人の少女が口をそろえて声をかけると、

「ウッフッフ、これ、かわいい娘たちや。わしはな、いまおまえたちがうわさをしていた蝋面博士じゃ。ウッフッフッフ!」

「アレーッ!」

三人の少女がひとかたまりに抱きあって、ふるえているところへ、広告塔がパッとまんなかから割れて、なかからノロノロはいだしてきたのは、これこそほんものの蝋面博士。

二階のボックスから見ている探偵小僧の御子柴進少年は、それを見るとギョッと息をのみ、

「金田一先生、あれはほんものの蝋面博士じゃないでしょうか」

「ばかなことをいっちゃいかん。ほんものの蝋面博士なら、オリオンの三姉妹がこわがるはずじゃないか。これはお芝居だよ。しかし、さすがはタレントだねえ。ほんものそっくりの顔をしてるじゃないか」

これをほんものとは知らず、金田一耕助はしきりに感心している。

オリオンの三姉妹も、いつのまにやら杉浦と、ほんものの蝋面博士とがいれかわったとは知らないから、オーケストラの音にあわせ、『悪魔と少女』の鬼ごっこおどりをし

ていたが、そのうちにとうとう三人ともつかまって、眠り薬で眠らされた。

「金田一先生、あれ、ほんとに眠り薬をかがされたんじゃないでしょうか?」

探偵小僧の御子柴進少年は、手に汗にぎって舞台を見ている。

「アッハッハ、そんなばかなことをいうもんじゃないよ。みんな芝居さ」

耕助は、どこまでも芝居だと信じている。

やがて、三少女を眠らせた蝋面博士が、空にむかって合図をすると、舞台の上からおりてきたのは、いちめんに花でかざりたてた色うつくしい軽気球。

蝋面博士は眠っている三人の少女を、軽気球のかごに抱きこむと、

「ウッフッフ、ウッフッフ!」

と、気味の悪い笑い声をあげながら見物席にむかって、ばかていねいなおじぎをして、じぶんもかごにのりこんだ。と、四人をのせた軽気球は、ユラユラと舞台の上空へあがっていく。

この軽気球がすっかり見えなくなってしまうと、舞台はまた暗くなり、こんど明るくなったときは、蝋面博士のへやの場面だ。

あれはてたお城の内部のように、気味の悪い舞台の中央に、ろうを煮る大きな釜が置いてある。蝋面博士が三少女を、蝋人形にしようとして、しっぱいする場面なのだ。

ほんとをいうと、この場面へ、さっきの軽気球がおりてくるはずなのである。オーケストラはそのつもりで、うす気味悪い音楽を演奏していたが、どうしたことか、いつま

でたっても、上から軽気球がおりてこない。

舞台裏では係の者がうろたえはじめ、見物席でもお客さんが、不安そうにヒソヒソ話をはじめたが、そのときだ。とつぜん舞台正面のドアをひらいて、ヨロヨロところげるようにあらわれたのは蝋面博士。いや、蝋面博士に扮した人気タレントの杉浦なのだ。

杉浦はうつろな目をみはり、キョロキョロあたりを見まわしながら、

「蝋面博士……ああ……蝋面博士はどこへいったか……」

うめくようにつぶやきながら、杉浦はバリバリと髪の毛をかきむしる。そのとたん、お尻を針でつかれたように、金田一耕助と進は、ギクッといすからとびあがった。

「蝋面博士が、ど、どうしたんだ!」

百雷のとどろくような耕助の声である。

「やられた……蝋面博士が舞台裏にしのんでいて……、麻酔ピストルで……」

見物人はそれをきくと、キャーッと叫んでそう立ちになり、われがちに逃げだそうとするから東都劇場のなかは、上を下への大混乱におちいった。

「探偵小僧、いっしょにきたまえ」

金田一耕助はそう叫ぶと、はかまをはしょるなり、いきなり舞台の端にぶらさがっている、細長いカーテンにとびついた。そして、それをつたってスルスルと、サルのように舞台へおりていく。

探偵小僧の御子柴進少年も、あとにつづいたことはいうまでもない。等々力警部や刑

事たちも興奮した顔で舞台へあがってきた。

「きみ、きみ、それじゃいま舞台へでてきた蝋面博士は、タレントのきみじゃなかったのか」

「ぼくじゃありません。ぼくはなにも知りません。ぼくは、いままで舞台裏で眠っていたんです。ぼくは……ぼくは……」

杉浦三郎はにごった目をして、フラフラと足もともおぼつかなく、髪の毛をバリバリとかきむしっている。

「ちくしょう！」

等々力警部は歯ぎしりすると、すぐによびこを吹きならし、あつまった刑事たちに、劇場のまわりを厳重に、見張っているように命令した。

「金田一さん、金田一さん、これはかえって幸いだ。こうなったら袋のなかのネズミもおなじこと。こんどこそきっとつかまえてみせるぞ」

等々力警部は意気ごんだが、しかし、あの悪がしこい蝋面博士が、はたして、そうやすやすとつかまるだろうか。あんなに堂々と三少女を連れ去ったところをみると、なにか逃げ道を用意しているのではないか……。

探偵小僧はドキドキしながら、金田一耕助や等々力警部と、楽屋の二階を捜していたが、そのときだ。とつぜん劇場の上空から、すさまじい爆音がきこえたかと思うと、

「アッ、警部さん、いけない。ヘリコプターです」

刑事のひとりが血相かえてとんできた。

「なに、ヘリコプターだと？」

三人がいっせいに二階の窓へかけよって、空をあおぐと、おりしも日比谷の上空をかすめてとんでいくヘリコプター。そのヘリコプターからぶらさがったロープの先に、さっきの軽気球のかごがぶらさがっているではないか。

ああ、なんと、蝋面博士はミュージカルの筋書どおり、三少女をうばって空へ逃げだしたのだ。

蝋面博士の置き手紙

その夜の東京は大さわぎであった。

妙なものをぶらさげたヘリコプターがとんでいくので、なんであろうかと見あげていたひとびとは、そのうちに、テレビやラジオの臨時ニュースによって、蝋面博士がオリオンの三姉妹を連れて逃げたのだと知って、肝をつぶしておどろいた。

だが、そのなかでも、もっともおどろいたのは金田一耕助だ。

蝋面博士がヘリコプターで逃げたと知ると、すぐに新日報社へ電話をかけて、社のヘリコプター新日報号で追跡するようにたのんだが、その返事というのがこうである。

「金田一先生、金田一先生、それがいけないんです」

「なに？　いけないとは？」

「だれかがうちのヘリコプターにのって逃げたんです。ひょっとすると、それが蝋面博士のなかまではないでしょうか」

「な、な、なんだと！」

　金田一耕助はそのとたん、足もとの大地がくずれるような大きなおどろきにうたれた。蝋面博士はじぶんの眼前から、オリオンの三少女をうばっていったばかりではなく、新日報社のヘリコプターを利用して、まんまと逃走してしまったのだ。

　おそらく蝋面博士は舞台から、二階のボックスにいるじぶんを見て、さぞや腹のなかで笑っていたことだろう……と、そう考えると金田一耕助は、くやしさで、腹の底がにえくりかえりそうであった。

　さて、警視庁でもすててはおけなかった。等々力警部の報告をきくと、すぐにヘリコプターをとばして、新日報号を追跡させたが、もうそのころには蝋面博士と三少女をのせたヘリコプターは、遠く西の空へとんでいて、月夜とはいえ、ゆくえを見さだめることもできなかった。

　だが、そのうちに小田急沿線の稲田登戸（いなだのぼりと）というところから、あやしいヘリコプターが山のなかに着陸したという報告があったので、等々力警部をはじめとして、金田一耕助に探偵小僧の御子柴進少年らが自動車でかけつけると、はたして、山のなかに新日報号がのりすててあったが、むろん、もうそのときには蝋面博士や三少女は、影も形も見えなかった。

その付近のひとびとにきいてみると、ヘリコプターが着陸してまもなく、一台の自動車が矢のように、川崎のほうへむかって走っていったが、夜のことゆえ、のっているのがどういう人間だかわからなかったという。

これでみると蝋面博士はあらかじめ、その山中に自動車をかくしておいて、それにのって逃走したのだ。

川崎のほうへむかって走ったというが、それからはもうよほど時間がたっている。いまごろは東京へまいもどって、警視庁や新日報社がうろたえているのを、どこかで笑っているのではあるまいか。

「ちくしょう！　ちくしょう！　蝋面博士め！」

金田一耕助はもじゃもじゃの髪の毛をかきむしってくやしがったが、そのときだ。進が運転台の腰かけから、一枚の紙をひろいあげた。

「アッ、金田一先生、こんなものがありましたよ」

「なんだ、なんだ。探偵小僧」

「蝋面博士の手紙です」

「なに、蝋面博士の手紙……？」

金田一耕助はひったくるようにして、蝋面博士の手紙というのを、懐中電燈の光で読んだが、そのとたん、

「ちくしょう！　ちくしょう！」
と、くやしさにじだんだをふんだ。むりもない、そこにはこんなことが書いてあるのだ。

本日はたいせつなヘリコプターをおかしくだされ、お礼の申しあげようもございません。おかげでしゅびよく逃走できましたから、ヘリコプターはおかえし申しあげます。

蝋面博士

山崎編集局長どの
金田一耕助どの

ああ、なんというひとをくったヤツだろう。これでは耕助がくやしがるのもむりはない。

テープレコーダー

こうしてまたもや、蝋面博士にだしぬかれた金田一耕助は、じだんだふんでくやしがっていたが、心のなかでふかく決意するところがあるらしく、そのよく日、小さなスーツケースのようなものをぶらさげて新日報社へやってきた。

そして山崎編集局長のへやへ、探偵小僧の御子柴進少年を呼びよせると、

「山崎さん、ぼくは二、三日ゆくえをくらましますよ」

「ゆくえをくらます？　なにかあったんですか？」

「いや、こんどこそ思いきって蝋面博士と勝負をつけようと思うんです」

「勝負をつけようって、あなたは蝋面博士がだれだか知ってるんですか？」

「ええ、だいたいの見当はついていますよ」

山崎編集局長も探偵小僧の御子柴進少年も、ハッとして金田一耕助の顔を見なおした。

「それはほんとうですか？」

「ほんとうです。ぼくは死んだふりをして身をかくしているあいだに、蝋面博士の秘密をすっかり調べたんです」

「しかし、金田一さん。それならばなぜ、警部にいってとらえないんです」

「いいえ、それにはわけがあるんです。いや、そのわけはまだいえませんが……それに、蝋面博士はいろいろと、気味の悪いことをやっていますが、いままで一度も人殺しをしたことはないでしょう。蝋人形にしたてた人間だって、みんな病院からぬすんできた死体だったというじゃありませんか」

「フム、フム。そういえばそうですね」

「だから、なるべくおんびんにすましてやりたかったんですが、こうなってはいけません。いきおいのおもむくところ、いつ人殺しをやらないものでもない。それで二、三日

ひまをもらって、きっぱりケリをつけようと思うんです」

「フム、そうか。それならひきとめませんが、しかし、気をつけてください。あいてはひとととおりの悪党ではないんだから」

「それはよく心得ています。ところで探偵小僧、きみに一つたのみがあるんだ」

「はい」

「もしかすると、この社あてにぼくの名まえをいって電話をかけてくる者があるかもしれない。しかし、たとえあいてがだれにしろ、いかにもぼくが社にいるようにいって、これを電話口でかけてもらいたいんだ。いいか、たとえあいてがどんな人物であっても……等々力警部でもだよ」

と、金田一耕助は手にぶらさげていた、スーツケースのようなものをさしだした。

「金田一先生、これ、なんですか?」

「テープレコーダーだ。ぼくの声がふきこんである。あいてに、ぼくがこの社に遊びにきて、ずっといるように思わせたいんだ。それから、これがしゅびよくいったら、きみに電話をかけるかもしれない。ぼくからね。だからきみはきょう一日、どこにもいかず社にいてくれたまえ。それでは山崎さん、いってきます」

それだけいうと金田一耕助は、風のように新日報社をとびだしていった。

探偵小僧の御子柴進少年は、なんだか心配でたまらなかったが、いわれたとおり耕助に電話がかかってくるたびに、電話口でテープレコーダーをかけた。そのテープレコーダーには、こんなことがふきこんであった。

「もしもし、こちらは金田一耕助……ああ、そう、それはそれは……いえね、ぼくはきょうこの社に用があってでられないんだ。どういう用件か、それはいえないが、今晩ひと晩、こちらにかんづめさ。つらいよ。アッハッハ、ではまた、いずれ……」

テープレコーダーのその声は、ほとんどあいてにしゃべるすきもあたえず、ひとりでベラベラしゃべっている。そして、いずれ……という声がおわるかおわらぬうちに、進はすかさず受話器をガチャンときった。

その日、金田一耕助に電話をかけてきたのは、等々力警部と東都日日新聞社の田代記者、それから田代記者の助手、古屋記者の三人だけで、ほかにあやしい電話もかからなかった。

進はなんだか、ひょうしぬけがしたような感じだったが、すると夜の十時ごろになって、耕助から電話がかかってきた。

「ああ、探偵小僧だね。ごくろう、ごくろう。テープレコーダー、うまくいったようだね。おかげで蝋面博士を追いつめたよ。きみはこれからすぐに、日比谷の交差点までいってくれたまえ。そこに警部さんが自動車にのって待っているはずだからね。ではのちほど」

電話がきれると探偵小僧の御子柴進少年は、からだじゅうが、ふるえて、ふるえて、とまらぬほど興奮していた。

蝋面博士の最期

そこはどこだか知らないが、天じょうの低い、せまくてうすぐらいへやのなかに、大きな釜が置いてあって、釜のなかにろうがグツグツ煮えている。

その釜のなかをのぞきこんで、長いガラスの棒でろうをかきまわしているのは、まぎれもなく、怪運転手の竹内三造。れいによって大きなちりよけめがねをかけているので、顔はよくわからない。

竹内三造はろうの煮えたのをたしかめると、へやのすみにたれているカーテンのなかをのぞきこんだ。

「ウッフッフ、オリオンの三姉妹も高杉アケミも、よく眠っているわい。いまに蝋人形にされるのも知らずに……ウッフッフ」

うす気味悪い声でそんなことをつぶやくと、またカーテンをもとどおりにおろして、釜のなかをかきまわしはじめた。

「それにしても、蝋面先生はおそいなあ。いったいどうしたんだろう」

そのつぶやきもおわらぬうちに、エンジンの音と水をきる音が近づいてきたかと思うと、やがて蝋面博士がヌーッと顔をだした。

わかった、わかった。ここはいつか金田一耕助を水葬礼にしたあのランチのなかなのだ。そして、蝋面博士はいまモーターボートでかけつけてきたのだ。

「おお、竹内、ごくろう、ごくろう。ろうはよく煮えているかね」

「はい、先生」

竹内三造はことばすくなに答える。

「ところで娘たちは……？」

「そのカーテンのなかで眠っています」

「どれどれ、顔を見てやろう。竹内、今夜という今夜は、四人とも蝋人形に……」

と、そんなことをいいながら、カーテンをまくってなかをのぞきこんだ蝋面博士。なにを思ったのか、とつぜん、

「ワッ、こ、こ、これは……」

と叫んでうしろにとびのいた。それもそのはず、カーテンのなかに眠っているのは、四人の少女ではなく、怪運転手の竹内三造ではないか。

「おのれ！」

と、叫んでふりかえった蝋面博士、そこに立っているちりよけめがねの男をみると、それこそろうのようにまっさおになった。ちりよけめがねの男は、キッとピストルを身がまえているのだ。

「おのれ、おのれ。きさまは何者だ！」

「アッハッハ、蝋面博士、ぼくがだれだかわかりませんか。ほら」

帽子とちりよけめがねをとった顔を見て、

「ワッ、きさまは金田一耕助、それではさっき電話口へでた声は……？」

「アッハッハ、あれはテープレコーダーさ。探偵小僧がうまくやってくれたので、さすがのきみも、きみの部下も、まんまといっぱいひっかかったな。ぼくはきみの部下を尾行して、ここをつきとめると、部下を眠らせ、四人の少女はすでに安全なところへうつしておいた。そして、きみのくるのを待っていたのだ」

「おのれ、おのれ、きさまはそれじゃ、おれの正体を知っていたのか」

「ああ、知っていた。しかし、いままでだまって、きみの反省するのを待っていたのだ。しかし、もうこうなってはいけない。蝋面博士、きみはここで自決したまえ。そうすればぼくは、すべての罪をきみの部下におわせ、きみは蝋面博士に殺されたのだということにしてあげよう」

金田一耕助はこんこんと説ききかせるようにいったが、そんなことで反省するような蝋面博士ではない。

すきを見てヒョウのようにおどりかかると、いきなり耕助を押し倒し、船室から外へとびだしたが、そのとき、目のまえにせまってきたのは、等々力警部や探偵小僧、それから大ぜいの刑事や警官をのせたランチやモーターボート……。蝋面博士のすがたを見ると、

「蝋面博士、もうこれまでとかんねんして、おとなしくするがいい」

と、警部がおごそかに叫んだが、それをきくと蝋面博士は、ピストルをとりだし、それをこめかみにあてると、ズドンと一発。そして、骨をぬかれたようにクタクタと、甲板(かんぱん)の上にくずおれた。それからまもなくドヤドヤと、ランチにあがってきた等々力警部は、とる手おそしと蝋面博士の顔から、ひげやろうをはぎおとしたが、そのとたん、探偵小僧の御子柴進少年は、それこそ天地がひっくりかえるほどおどろいた。

「アッ、こ、これは東都日日新聞の田代さん！」

いかにも、そこに死んでいるのは田代記者ではないか。

「そうだよ、探偵小僧。蝋面博士は田代くんだったんだ。いや、あるばあいには、むこうに眠っている田代くんの部下、古屋記者が蝋面博士をつとめたこともあるんだ」

「しかし、金田一さん。田代くんはなんだって……」

等々力警部もあきれかえった顔色だ。

「それはね、田代くんは記事がほしかったんです。すばらしい記事を書いて、手柄にしたかったんです。そこへいつか女を殺して、蝋人形にした事件が起こったでしょう。おそらくあの古屋というのがその事件の犯人でしょう。田代くんはそれを知って、古屋をなかまにいれ、世間をさわがせ、それをいちはやく記事に書いて手柄にしていたんです。竹内三造という怪運転手が古屋だったんですよ。田代くんのおかげで新聞記者の名誉はうしなわれました」

金田一耕助は暗い顔つきで目をふせた。

田代記者は、じぶんがどんなに活躍しても、金田一耕助の名探偵ぶりにはかなわないので、耕助がアメリカへでかけているあいだに、じぶんから事件を起こして、それを記事にして手柄にしていたのだ。金田一耕助がかなしそうにうなだれているところへ近づいてきて、その腕をとったのは、探偵小僧の御子柴進少年である。

「いいえ、金田一先生、新聞記者の名誉がうしなわれたわけではありません。田代さんのような悪い記者もいたけれど、りっぱな記者も大ぜいいるんですもの。ぼくは、いつかだれにも負けないりっぱな新聞記者になってみせますよ」

そういって探偵小僧は、いかにもはればれとしたように笑うのであった。

黒薔薇（ばら）荘の秘密

迷路研究家

富士夫(ふじお)は、妙な夢をみていた。

そこはまっくらな洞穴(ほらあな)の中なのである。洞穴のなかには、クモの巣のように四方八方に抜け道がついていて、まるで迷路のようになっている。富士夫はさっきから、その迷路のなかをさまよい歩いていた。

行けども、行けども、つきることのなき迷路の道……富士夫の胸にはしだいに、不安と恐ろしさがこみあげてきた。いまさら、あとへ引きかえそうにも、なにしろ、クモの巣のようにこみいった迷路だから、どこをどう通ってきたのかわからない。

ああ、まっくらな地底の迷路……富士夫は、ひとりそこに取りのこされて、さびしさと、恐ろしさに泣きだしそうになった。

声を出して叫ぼうとするが、どうしたものか、舌がもつれて声が出ない。くらやみのなかをいちもくさんに、かけだしたいと思ったが、足がすくんで動かないのだ。

ああ、じぶんはこのまっくらな迷路のなかで、ひとしれず死んでしまうのではあるまいか。いつまでもいつまでも、出口のない迷路のなかをさまよい歩いて……。

恐ろしさと心配で、富士夫は腹の底がつめたくなって、ホロホロ、涙がホオをつたった。……と、そのときだった。どこかで、トントンと、壁をたたくような音。……富士夫はそれをきくと、ハッとくらやみのなかで、目をかがやかせた。

だれか来た！　だれかがじぶんを助けに来たのだ！

「たすけてえ、たすけてえ……。ぼくはここにいます」

富士夫は、おもわず叫んだが、そのひょうしに、ハッと目をさました。

〈なあんだ、夢だったのか〉

富士夫は、ホッと胸をなでおろした。気がつくと、全身にぐっしょりと寝汗をかいて、心臓がドキドキ大きく波打っている。

富士夫はきゅうにはずかしくなってきた。それというのが、さっき富士夫は夢のなかで大きな声をあげて叫んだが、それはたしかに叫んだにちがいないのである。げんに富士夫は、じぶんの声におどろいて、目をさましたらしいのだから……。

富士夫はじっと、ベッドのなかで耳をすましていた。だれか、いまの声におどろいて、かけつけて来やしないか、もし、そんなことがあったら、どんなにはずかしいことだろうと……。

しかし、幸い、みんなよくねむっているとみえて、家のなかは、シーンとしずまりかえっている。富士夫は、ホッと胸をなでおろした。そして、あらためてもう一度ねむろうとしたが、いちどさめたねむりは、なかなかもどって来そうにない。ねむろうとすればするほど、頭はさえるばかりである。

そこで富士夫は、むりにねむろうとするのをあきらめて、さっきの夢のことを考えてみた。どうして、じぶんはあんな妙な夢をみたのだろう。……そのわけは富士夫にもよくわかっていた。いま、そのわけというのから、話をしていくことにしよう。

その日、富士夫はとてもつかれていたのだ。伯父(おじ)さんの、小田切博士(おだぎりはかせ)といっしょに、この黒薔薇荘(くろばらそう)へたどりついたときには、からだが綿のようにつかれ、足が棒のようになっていた。それもむりはない。八月の炎天下、十キロあまりのハイキングをしたのちに、やっと黒薔薇荘へたどりついたのだから……。

富士夫はことし十四歳、中学の二年生だが、この夏休みを、伯父さんの小田切博士につれられて、伊豆(いず)半島のとある温泉場へ避暑にやってきた。富士夫はたいへん、頭のよい少年だったが、からだが、あんまりじょうぶではない。

そこで、伯父さんの小田切博士は、この夏休みを利用して、うんときたえてやろうと、毎日、海水浴だの、ハイキングだのと、富士夫をひっぱりまわしていたが、きょうはひとつ十キロあまりのハイキングをして、黒薔薇荘へいって、とめてもらおうということになったのである。

そのみちみち、黒薔薇荘について、伯父さんは、つぎのような話をしてくれた。

「わたしはね、いつもこの温泉場へくると、きっと一度は、黒薔薇荘をおみまいすることにしているんだよ。それというのが、黒薔薇荘には、いま、たいへん気のどくなひとびとが住んでいるのだからね」

小田切博士の話によると、黒薔薇荘の主人というのは、もと子爵（ししゃく）で、古宮一麿（ふるみやかずまろ）というひとだったそうである。この古宮子爵というひとは、たいへん趣味のひろいひとだったそうだが、とりわけ、建築にかけては、日本でも有名な大家だったという。

なんでも、大学を出ると、すぐ外国へ行って、あちこちの外国のめずらしい建物を見てまわったが、とりわけ、ヨーロッパの古城に興味をもち、帰ってくると、さっそく、この伊豆半島の一角に、あちらの古城をまねて建てたのが、いまの黒薔薇荘なのだそうである。

そして、家具でも、調度でも、装飾品でも、ぜんぶ、ヨーロッパからいわれのある品をとりよせたから、広さこそ、それほどでないにしても、黒薔薇荘のなかへはいると、まるで、外国の古城へいったような気がするのだそうだ。

「それから、古宮子爵は……、いや、いまでは子爵でもなんでもないが、いいなれているから、古宮子爵としておこう……、古宮子爵は、妙なものに興味をもっていてね」

「伯父さん、妙なものって、なあに」

「迷路さ。富士夫は迷路を知らないかい。外国の古い建築物と迷路とは、きってもきれない縁があるんだよ。エジプトのピラミッドでも、なかに迷路があるといわれている。それから、ギリシャのまえにさかえた、地中海のクレタ島の遺跡にも、大きな迷路がみられるそうだ。それからまた、ローマのカタコンベ。これはローマ城と、近くの村々をつなぐ地下トンネルなのだが、これがまるでクモの巣のような、地底の迷路になっていたそうだ。古宮子爵は、そういう迷路をしきりに研究していたんだよ」

「伯父さん、子爵はどうして、そんな迷路など研究していたんでしょう」

「それはね、つまり、この伊豆半島のどこかに、大仕掛けな迷路をつくって、観光客をひっぱろうという考えからさ。外国人はそういうものに、たいへん興味をもっているからね。ああ、やっと着いた。富士夫、あれが黒薔薇荘だよ」

小田切博士にいわれて、はじめて黒薔薇荘を見たときのことを、富士夫はいつまでも忘れることができないだろう。

ホオに傷のある男

黒薔薇荘（くろばらそう）は、行くてに見える小高い丘のうえに建っていた。

まえにもいったように、それほど、大きな建物ではないが、物見やぐらや、とがった塔（とう）や、鐘（かね）つき堂などが空にそびえていて、それが、おりからの夕日に、まっかに照りはえているところはなんともいえぬ、美しいながめだった。

「伯父さん、すばらしい建物ですね」

富士夫は、叫んだ。

「ふん、すばらしいだろう。しかしね、あのすばらしい建物にも、かなしいことがあったんだよ。そして、いまあそこに住んでいるのは、かなしみの涙のかわくひまのないひとびとなんだ」

「伯父さん、そのかなしいこととはなんですか」

「うん、いま話してやろう」

ふたりは黒薔薇荘へ通ずる、ゆるやかな坂をのぼっていったが、そのとき、かたわらの林のなかから、だしぬけにとび出してきた男がある。

相手もふたりのすがたを見ると、ギョッとしたように立ちどまり、それから、あわてて顔をそむけたが、ふたりのほうでも、その男のすがたを見ると、おもわずドキッと立ちすくんだ。それも、むりはないのだ。その男の顔つき、身なりというのが、なんともいえぬほどものすごいのである。

そいつは大きな黒めがねをかけ、顔じゅうに、クマのようなひげを生やしていた。おまけにひたいから左の目じりにかけて、大きなきずあとが走っていた。見るからに、ゾッとするようなすごい顔、しかも、着ているものといったら、浮浪者のようにボロボロの洋服、手には、太い棍棒（こんぼう）のようなステッキをにぎっている。

小田切博士と富士夫のふたりは、ゾッと顔を見合わせたが、相手はすがたに似合わず、気の小さい男とみえて、顔をそむけるようにして、にげるように、コソコソと坂をくだっていった。

「なんでしょう、伯父さん、あれ……」

「ふむ、浮浪者かなんかだろうが、ああいうやつが、うろついていては、黒薔薇荘のひとびとも気をつけなければいけない」

小田切博士は、だまって歩きだしたが、やがて思いなおしたように、

「それでねえ、富士夫、さっきの話のつづきだが……」

と、富士夫のほうをふりかえった。

「そうそう、伯父さん、黒薔薇荘のかなしい話とは、どういうことですか」

「それがねえ、ちょっと妙なんだよ。ある晩、とつぜん、古宮子爵がいなくなったんだ。いや、煙のように消えてしまったんだよ」

「煙のように消えてしまった……。伯父さん、それは、どういうわけですか」

「どういうわけだかよくわからない。とにかく煙のように、消えてしまったというよりほかないんだ。それは去年の夏のことなんだが、その晩、子爵が寝室へはいったのを、おくさんも、おじょうさんも見ていたそうだ。ところが、つぎの日になると、子爵のすがたが、どこにも見えないんだ。しかも、おかしいのは、表の玄関も、裏の勝手口も、それから家じゅうの窓という窓も、ぜんぶなかからちゃんと錠やカンヌキがおりていたんだ。つまり、子爵が出ていった形跡はぜんぜんない。それでいて、家じゅう、すみからすみまでさがしたんだが、子爵のすがたはどこにも見えないんだ。だから、煙のように消えたというよりほかはないだろう」

「変ですねえ」

「ほんとに変だよ。それでも、その当座、おくさんやおじょうさんは、いまにひょっこり、どこからか、帰ってくるんじゃないかと待っていたが、一年たった今日にいたるまで、まるで音さたなしなんだ。それで、おくさんの達子夫人も、おじょうさんの美智子さんも、泣きの涙で暮らしているんだよ。しかも、達子夫人はあまり泣いたために、ちかごろは、目が見えなくなったそうだ」

富士夫は、おもわず息をのんだ。

「伯父さん、そして、美智子さんというのはおいくつですか」

「おまえより、一つ下の十三だよ。だからね、おまえもむこうへいったら、よくおふたりをなぐさめてあげなきゃ……。ああ、そうそう、それから、子爵が消えてしまったとき、もうひとつふしぎなことがあるんだよ」

「なんですか、それは……？」

「子爵はね、宝石を集めるのが道楽でね、ダイヤだの、ルビーだの、いろんな宝石をたくさん持っていたんだが、子爵がいなくなってから、その宝石をさがしてみたところが、どこにも見あたらないんだ」

「へえ、ふしぎですねえ」

富士夫はなんども、なんども、ためいきをついた。

それからまもなく、ふたりは黒薔薇荘へたどりついたが、あらかじめしらせてあったので、達子夫人と美智子が、大よろこびでむかえてくれた。

なるほど、達子夫人は気のどくにも、目を泣きつぶして、緑色のめがねをかけている。美智子も、その年ごろの娘としては、とかく思いにしずみがちなのは、やはり、消えてしまった、おとうさんのことを、案じわずらっているからなのだろう。

さて、その晩、黒薔薇荘には、小田切博士と富士夫のほかに、もうひとり客があった。そのひとは、この黒薔薇荘のすぐとなりにある、洋館の別荘をちかごろ買いとって、避暑に来ているひとで、名まえを柳沢一郎といって、弁護士だそうだ。年ごろは四十前後で、背の高い、りっぱな紳士だった。

「ちかごろは、柳沢さんが毎日、おみまいにきてくださるので、こんな心じょうぶなことはありません。おさない美智子や、召使いばかりでは心ぼそくって……」

と、目の見えぬ達子夫人は、緑色のめがねのおくで、目をしばたたいていた。

小田切博士と富士夫は、その柳沢弁護士といっしょに、夕飯をごちそうになり、それからむかし子爵の居間になっていたへやで、よもやま話をしていたが、そのうちに、富士夫は昼のつかれがでて、コクリコクリといねむりをはじめ、とうとう、そこに寝こんでしまった。

それを見るとしんせつな柳沢弁護士が、富士夫を抱いて、かねて富士夫にあてがわれていた、二階のこのへやへはこんで来て、ベッドのなかへ寝かしてくれたが、富士夫は、ちっとも、そんなことを知らないのだった。

それが九時ごろのことで、柳沢弁護士はそれからまた、十二時ごろまで話しこんで、となりの別荘へ帰っていった。

さて、話をまえにもどして、さっき目をさました富士夫である。寝られぬままに、今日ここへ来るとちゅう伯父さんからきいた黒薔薇荘のふしぎな話を、それからそれへと考えていたが、そのときだった。どこかでトントンと壁をたたくような音……。

富士夫はそれをきくと、ギョッと、くらやみのなかで目をみはった。

トントントントン……。

壁をたたくような音は、あいかわらずつづいている。ああ、富士夫はさっき、その音を、夢のなかできいたのである。しかし、それはけっして夢ではなかった。たしかにトントンと壁をたたくような音が……。

富士夫はおもわずベッドから、身をおこして、へやのなかを見まわしたが、すると、そこに、なんともいえぬ異様なことが起こったのだ。

大時計の怪

富士夫はこのへやへ、ねむったままつれてこられたので、いままで気がつかなかったのだが、ベッドの足のほうのへやのすみに、大きな時計がおいてある。

これは外国で、ふつう、祖父の時計（グランド・ファーザー・クロック）といわれるもので、人間の背よりもたかいものだ。それにしても、くらやみのなかで、どうして、この時計が目にうつったかというと、この時計の文字盤には、くらやみのなかでも、時間がわかるように、夜光塗料がぬってあるからなのだ。いや、文字盤だけでなく、大時計ぜんたいに、夜光塗料がぬってあるらしく、くらやみのなかに、ボーッと輪郭がうきあがっている。

文字盤の下の、ひとひとりもぐりこめるくらいの大きなガラス戸のむこうには、ユラユラと金色の振り子がゆれていた。時間をみると、十時半。

富士夫は、なんということなく、その振り子を見ていたが、ふいにドキリと目をみはった。

ああ、どうしたのだろう、じぶんはまだ夢をみているのだろうか。ユラユラゆれる金色の振り子が、いつのまにやら、人の顔に見えてきたではないか。

「あっ!」

富士夫はおもわず、シーツのはしをにぎりしめた。

たしかにひとだ、ひとの顔だ。しかもそれはなんという異様な顔だろう。よく、サーカスなどに出てくるピエロのように、まっしろに白粉をぬったうえに、やたらに紅で、ハートだの、ダイヤだのを書きちらした顔……、そんな顔が、ニヤニヤと大きなくちびるをまげて笑いながら、じっとこちらをみつめている……。

ああ、やっぱり夢なのだ。それでなければ、こんなばかなことがあるはずがない。時計の振り子が、ひとの顔に見えるなんて……。

だが、やっぱりそれは、夢ではなかった。顔につづいて、ぼんやりひとの形が見えて来た。サーカスのピエロのように、赤い水玉模様のダブダブの服をきたすがたが……。

ああ、大時計のなかにだれかいる……。

富士夫は、なにか叫ぼうとした。だが、そのときである。大時計のガラス戸が、サッと左へひらいたかと思うと、なかからおどり出したのは、奇妙なピエロ――道化師なのだ。富士夫はあまりの怪奇、あまりの恐ろしさに、ワッと大声に叫んで、シーツに顔をふせたが、そのとたん、うしろからおどりかかった強い腕が、富士夫のからだを抱きすくめたかと思うと、しめったハンカチのようなものを鼻にあてがった。

なにやら、あまずっぱいようなにおいが、ツーンと鼻から頭へぬけた。と思うと、富士夫はフーッと気が遠くなって、それきり、あとはなにやら、わけがわからなくなってしまったのである。富士夫がかがされたのは、麻酔薬にちがいなかった。

それから、いったい、なん時間、ねむっていたことだろうか。

富士夫がフーッと目をさますと、へやのなかにはどこからともなく、かがやかしい朝の光がさしこんでいた。富士夫はしばらくキョトンとして、まじまじと天じょうを見ていたが、ふいに、昨夜のできごとがサッと、頭のなかへうかんできた。

富士夫はバネのように、ベッドからはね起きたが、と、見ると、ベッドの足下のほうの壁のすみに、あの、奇妙な大時計が、ユラユラ金色の振り子をふっている。

時間を見ると十一時。

富士夫はベッドからとび出すと、つかつかと大時計のそばに歩みよった。そして、ソッと文字盤の下のガラス戸に手をかけたが、これは、鍵がかかっていなかったらしく、すぐひらいた。

富士夫はしばらく大時計のなかに頭をつっこんで、時計のなかを調べていたが、ふいに、ドキリと息をのみこんだ。

大時計のうしろの板をなでているうちに、ガタリとそれがはずれて、そこに大きなあながであたからである。

抜け穴！

富士夫はとっさにそう考えると、へやから外へとび出したが、そこであっけにとられたように、ぼんやり目をみはった。大時計のうしろの壁は、すぐ廊下に接していて、そこには壁をくりぬいたあとなど、みじんもない。第一、廊下へ抜け穴をつくる人間などあるわけがない。

これには富士夫も、がっかりしてしまったが、念のために、そのときのへやのようすをわかりやすく、左ページに図解しておくことにしよう。

へなんだ、それじゃ、自分の思いすごしだったのか、大時計の背中の板がはずれたのは、古くなって、ねじ釘がゆるんでいたからだろう。昨夜のできごとは、みんな夢だったにちがいない。ぼくはずいぶんつかれていたのだから……。そうでなければ、時計のなかから、ひとがとび出してくるなんて、そんなばかなことがあるはずがない。それも、よ

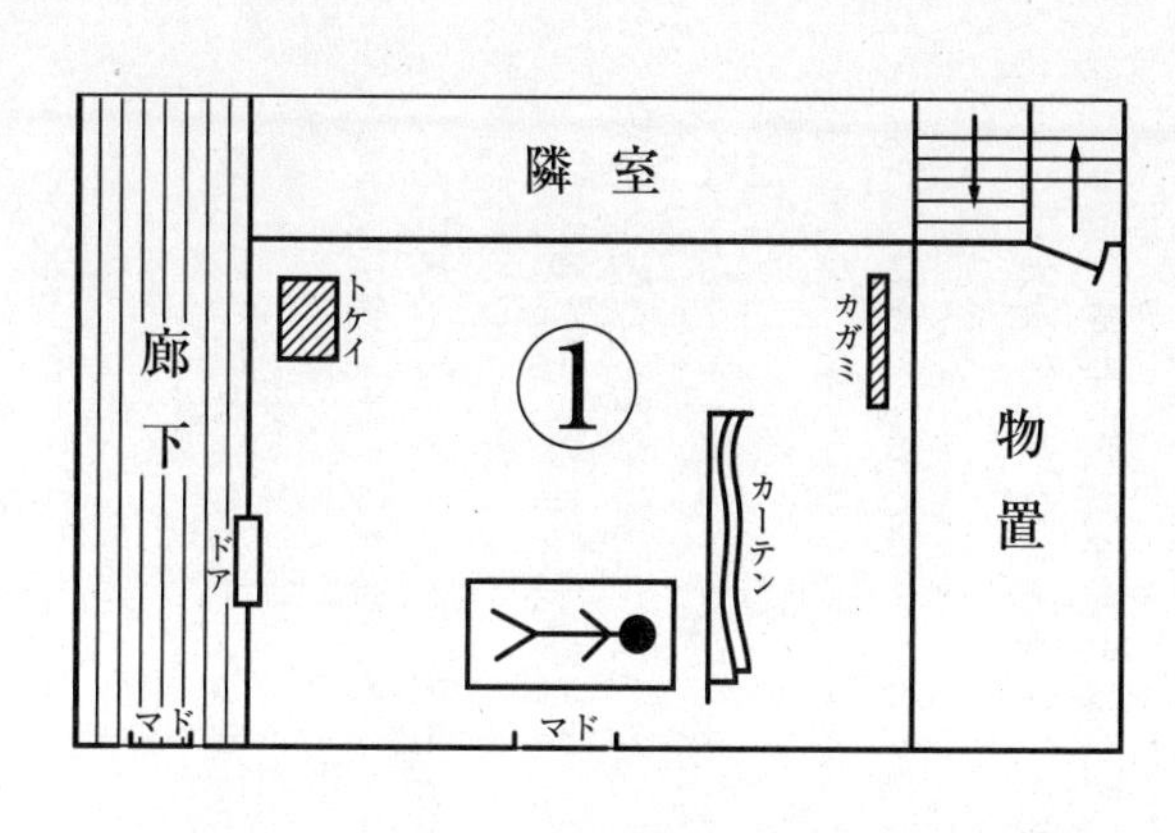

りによって、あんな奇妙な道化服の男が……。夢だったんだ。なにもかも夢だったんだ〉

富士夫は、まだ、なんとなく、ふにおちぬものがあって、しばらく、へやのなかをキョトキョトと見まわしていたが、やがて、洋服に着かえると、階下へおりていった。

階下には、おとなりの柳沢弁護士がもう来ていて、伯父の小田切博士と、たのしそうに話をしていた。小田切博士は富士夫の顔をみると、おかしそうに笑って、こういった。

「富士夫、おまえはよっぽど、くたびれたと見えるね。けさは、ずいぶん、朝寝坊をしたよ。なんだ、その顔は……。まだ、夢からさめぬという顔つきじゃないか。ハ、ハ、ハ、さ、早く顔をあらって、朝ごはんをごちそうになり、きょうは、おくさんが、宝物室を見せてくださるお約束だから……」

床のルビー

富士夫の朝ごはんのすむのを待って、達子夫人が、宝物室を見せてくれることになった。

この宝物室というのは、階下(かいか)のホールのとなりにあって、そこには、ゆくえ不明になった古宮子爵が金にあかして集めた、さまざまな珍しい宝物がおさめられているのである。

西洋のむかしのヨロイがあるかと思うと、インドから買ってきたという、気味の悪い仏像もある。西洋の盾(たて)、剣、カブト、いろんな紋章のついた瓦(かわら)、そのほか、さまざまな珍しい宝物が、壁といわず、陳列だなといわず、足の踏み場もないほど、ならべてあるのだ。

「主人がいなくなりましてから、わたしはなるべく、ここへ入らぬことにしています。はいったとて、目に見えるではありませんが、このにおいをかぐと、主人のことが思い出されて……」

達子夫人が、かなしそうにつぶやいた。

小田切博士と柳沢弁護士は、同情にたえないように、うなずいたが、そのときである、美智子が、アラ！　と、ひくい叫びをあげたのは……。

「美智子や、どうかしたの？」

達子夫人が、たずねると、

「おかあさま、仏像の持った剣のさきに、妙なものがひっかかっているのよ」

そういいながら、美智子がとりあげたのは、かぎざきになったような、布のきれはしだった。富士夫はなにげなく、その布を見たが、ふいにギョッと息をのみこんだ。ああ、それは、白地に赤い水玉模様の布……。サーカスのピエロなどが、着ている衣装と、同じ模様ではないか。

「まあ、だれが、こんなところへ、こんなものをひっかけていったのかしら……、おかあさま、へんな布がひっかかっていたのよ。あら！」

そのとき、美智子の足の下で、ガリガリと、なにか鳴る音がした。美智子はおどろいてとびのくと、床のうえからなにやらひろいあげたが、またもや、

「アッ！」

と、叫ぶと、ぶるぶる手をふるわせた。見ると美智子は、まっかなルビーを人さし指と親指のあいだにつまんでいるではないか。

「おかあさま、おかあさま。ルビーよ、ルビーよ。ほら、おとうさまといっしょになくなった、宝石のひとつのルビーよ」

「まあ、美智子や、なにをいうの。あれほど、さがしても見つからなかった宝石が……」

「だって、ここにあったのよ。この床の上に落ちていたのよ。おかあさま、ほら、さわ

ってごらんなさい」

達子夫人は手さぐりで、ルビーに手をふれたが、きゅうにオロオロした声で、

「美智子や、美智子や、どうしてこれがいまごろ床のうえにあったのでしょう。あれほどさがしても、みつからなかったものが」

「おくさま」

そのとき、しずかに言葉をはさんだのは柳沢弁護士だった。

「それはまえから、そこに落ちていたのをお見落としだったのじゃありませんか。なにしろ小さなものですから」

「いいえ、そんなことないわ。あたし、毎日ここへはいってくるのよ。そして、すみからすみまで歩きまわるのよ。そうすると、おとうさまが、どこかにいらっしゃるような気がするんですもの。きのうもあたし、ここへはいってきましたわ。しかし、そのときには、こんな布もなかったし、ルビーも落ちていなかったわ」

美智子がやっきとなっているので、小田切博士と柳沢弁護士は、おもわず顔を見あわせた。

こんなことから、宝物室の見物は中止になってしまった。

美智子のいうことがほんとうだとすれば、昨夜、だれかここへはいってきたものがあるにちがいない。しかし、お手つだいさんを呼んできいてみると、玄関も裏口も、なかからカンヌキがおりていたし、窓という窓も、ぜんぶ、内から鍵がかかっていたという

のだ。

「妙ですな」

「妙ですね」

小田切博士と柳沢弁護士は、また、顔を見あわせたが、美智子は、やっきとなって、

「いいえ、なにも妙なことないわ。だれかが、どこかから、はいってきたのよ。どこから、はいってきたのかしらないけど、あたし、そのひとを知ってるわ」

「え？　知ってる？　だ、だれです。それは……」

柳沢弁護士が、びっくりして、たずねた。

「ホオに大きなきずのあるひとよ。あたし、そのひとが毎日おうちのまわりを、うろついているのに気がついていたわ。あのひとよ。きっと、あのひとが、どこかからしのびこんできたのよ」

あまり気をたかぶらせたせいか、美智子は、ワッと泣き出した。目の見えぬ達子夫人は、なにがなにやら、ただもうオロオロするばかり……。

そのときだった。富士夫が、そばからこんなことをたずねたのである。

「伯父さん、伯父さん。伯父さんたちは、ゆうべ、なん時ごろまで起きていたの？」

この問いに、小田切博士は、ふしぎそうに、

「わたしは、十二時ごろまで、柳沢さんやおくさんと話をしていたよ。富士夫、それがどうかしたの？」

「いいえ、ちょっとたずねてみただけなんです」

あの奇妙なピエロが、大時計からとび出したのは、十時半のことだった。いかに、とっさのできごととはいえ、みんなが起きていたとしたら、あのさわぎに気がつかぬはずはない。してみると、あれはやっぱり夢だったのだろうか……。

富士夫は、まだあのできごとを、夢とも、ほんとのできごととも判断しかねているのだった。

富士夫の発見

その晩、達子夫人は頭痛がするといって、夕飯がすむと、すぐに寝室へしりぞいた。美智子も、同じように、頭がいたいからといって、お母さんといっしょに、へやへさがった。富士夫までが、ゆうべよく寝られなかったといって、八時ごろに、昨夜のへやへひっこんでしまった。

あとでは、小田切博士と柳沢弁護士が将棋をさしはじめた。

富士夫はしかし、けっしてねむいのではない。ねむいどころか、かずかずの疑問に、頭はさえわたるばかりである。

仏像の剣にひっかかっていた水玉模様の布のきれはし、それから、あのルビー……、ゆうべたしかに、だれかが、この黒薔薇荘へはいってきたのだ。そして、そいつはこの大時計のなかから出てきたのだ。しかし、この大時計のうしろの壁に、なんの仕掛けもないのはどういうわけだ。あれは、やっぱり、じぶんの夢だったのだろうか……。

富士夫は、いくども、いくども、大時計のガラスのドアを、あけたり、しめたりしていたが、とつぜん、なにを思ったのか、アッと叫んで、立ちすくんでしまった。

ああ、この大時計のガラス戸は右へひらく。……そうだ、それがあたりまえのことなのだ。どんなドアでも、左へひらくドアはない。しかし、昨夜、奇妙なピエロがとび出したときには、ドアはたしか、左へひらいたではないか。なぜだろう、なぜだろう……。

富士夫は、一生けんめいに、そのことを考えていたが、やがて、ハッとあることに気がついた。そこで、へやじゅう調べてみたが、と、そのとき階段をあがってくる靴音がきこえてきた。伯父さんの小田切博士があがってきたのだ。

「伯父さん、伯父さん」

富士夫が、ドアをあけて呼ぶと、

「なんだ、富士夫、まだ、起きていたのか」

「伯父さん、柳沢さんは帰りましたか」

「ふむ、いま、帰った。なにか用かい」

「いえ、あの、伯父さんに話があるんです。ちょっとここへ来てください」

小田切博士はふしぎそうにへやのなかへはいってくると、富士夫は、ピッタリとドアをしめた。そして、小さな声で、手みじかに、昨夜の話をしてきかせた。

それを聞くと、小田切博士もびっくりして、さっそく、大時計を調べたが、すぐがっかりしたように、

「富士夫、それはやっぱりおまえの夢だよ。うしろの壁になんの仕掛けもないじゃないか」

「いいえ、そうじゃないんです。伯父さん、その時計の振り子のドアは、ゆうべ、左へひらいたんです。ところが、いま調べてみると、そのドアは右へひらくではありませんか。伯父さん、右へひらくドアが、どうして、左へひらいたとみえたのでしょう」

「富士夫、おまえ、なにをいっているんだい。おまえのいうことは、よくわからないよ」

「伯父さんわからないの。それじゃ、これをみてください」

富士夫はつかつかとへやを横ぎり、大時計の真正面の壁にかかっている黒いカーテンを、サッとまくった。と、そこにまたもや、ありありとひとつの大時計があらわれたではないか。

小田切博士は、おもわずアッと目をみはったが、すぐつぎのしゅんかん、その大時計の正体がわかった。それはほんとの時計ではなく鏡にうつった時計の影なのだ。

「ああ、わかった、わかった、富士夫、おまえのみたのはあの鏡にうつった影だったんだね。それで右と左が反対に見えたんだね」

「そうです。しかし、伯父さん、ピエロがとびだしたとき、ぼくはたしかにドアのほうへ足をむけて寝ていたんですよ。そのことは、月の光がかすかに左からさしこんでいた

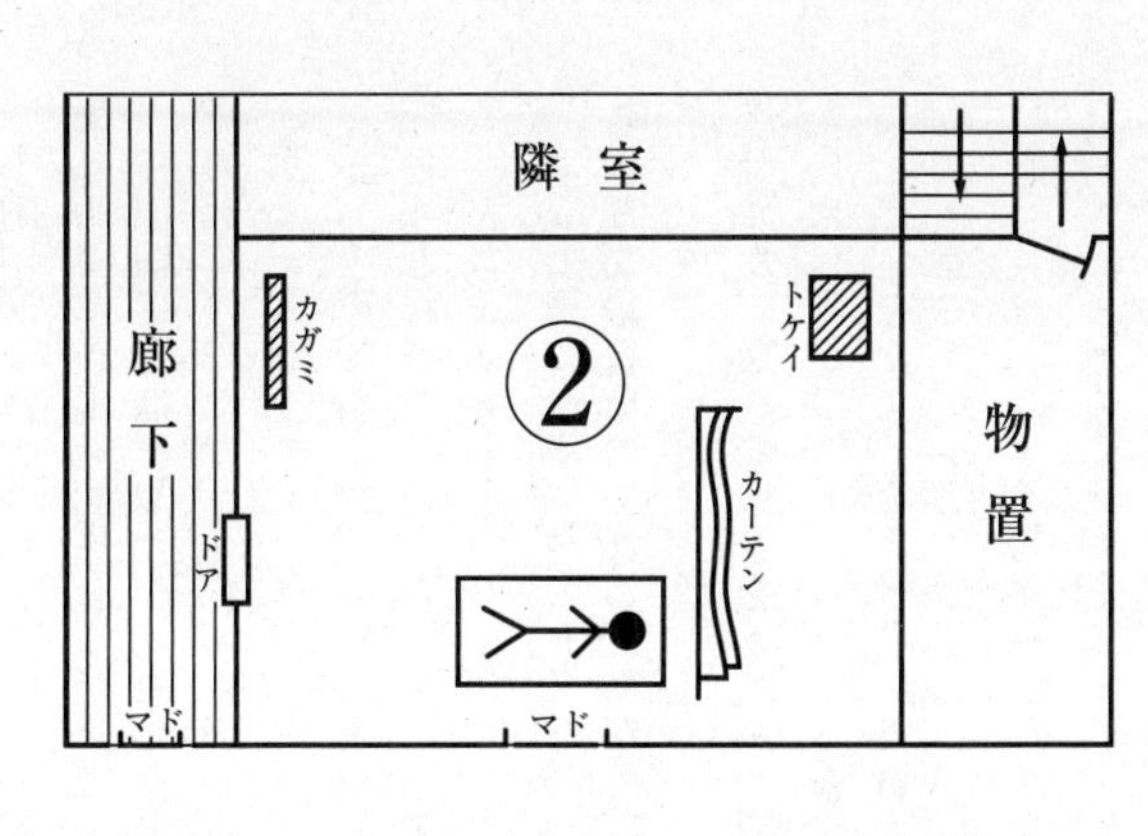

ので、おぼえているんです。そして、変な物音にドアのほうを向いたとき、そこに時計があったんです」

「ふうむ、するとおまえの見たのは、やっぱり本物の時計だったのかい」

「いいえ、そうじゃありません。伯父さん、ぼくの見たのは、やっぱり鏡にうつった影だったんです。つまり、ゆうべは、ドアのそばに鏡があり、その正面に時計があったんです。それをあとでピエロのやつが、鏡と時計をおきかえておいたんです」

富士夫の話を図に書くと、ピエロがとびだしたとき部屋のようすは、上の図のようになる。

「なぜ、時計と鏡を置きかえたかというと、ぼくの思いちがいを、あくまで思いちがいのまま、通させようというはらなんです。つまり、ほんとうに時計のあった場所を知られたくなかったからです。なぜならば、ほんとうに時計のあったうしろの壁にこそ抜け穴があるからなんです」

小田切博士に手つだってもらって、ついたてのようになった鏡をおしのけると、まぎれもなく、うしろの壁にドアのような、われめがあるではないか。

小田切博士はギョッとしたように、息をのんだが、ああ、そのときなのだ。どこか、壁のおくのほうで、コトリという音……。それをきくと、富士夫は、

「あっ、来た！」

と、小声で叫んで、カチッと電気のスイッチをひねった。そして、博士とふたり、くらやみのなかで、じっと息をころすのだった。

コトコトコト……

ああ、きこえる、きこえる。それはたしかに壁のなかから……壁のおくの階段をのぼるような足音なのである。やがて、階段をのぼりきると、足音は抜け穴のむこうまできて、ピタリと、とまった。

たぶん、なかの様子をうかがっているのだろう。富士夫の心臓はガンガン鳴った。ひたいには汗がびっしょり、……富士夫は歯をくいしばって、つぎに起こることを待っていたが、やがて、カタッという音とともに、壁がバネのようにむこうへひらき、そこからはいってきたのは、たしかに、昨夜のピエロである。

ピエロは、うすくらがりのなかを、キョロキョロあたりを見まわしていたが、そのときだった。妙なことが起こったのだ。ピエロのうしろから、もうひとつ、黒い影がとびこんできたかと思うと、

「くせもの！」

やにわにうしろから、とびついたから、たまらない。ふたつの影はものすごい音をたてて床にころがった。それから、組んず、ほぐれつ、たいへんなさわぎである。

これには富士夫もびっくりして、あっけにとられていたが、そのとき、廊下をあわただしく走ってくる足音がしたかと思うと、

「ど、どうしたのです。なにごとが、起こったのです」

「富士夫さん、富士夫さん、どうしたの」

達子夫人と美智子の声だった。この声に、やっと気がついた富士夫が、ドアをあけると同時に小田切博士がパッと電気をつけた。

と、見れば、床にはピエロがグッタリのびて、そのそばから、ヨロヨロと起きなおったのは、なんと、ホオに恐ろしいきずのある男ではないか。

「あ、き、きみはだれだ、何者だ」

小田切博士の声をきくと、きずのある男は、かなしげに首を左右にふった。

「小田切くん、達子、美智子。……おれがだれだかわからないのかい、おれだよ、古宮一麿だよ」

それだけいうと、ホオにきずのある男は、ヨロヨロと富士夫のベッドにたおれかかったのだった。

十時半の謎

古宮一麿氏は、なぜ、一年もすがたをくらましていたのだろうか。それはまことに奇妙な事情によるのだった。

外国のお城の研究家だった古宮氏は、同時に迷路や抜け穴の研究家で、さてこそ、じぶんの建てた黒薔薇荘にも、こっそり秘密の抜け穴をつくっておいたのである。

そして、ときどき、変装してはそこからぬけだし、近所の町や村へあそびに出かけ、だれもじぶんだと気がつかないのに得意になっていた。

ところが、一年まえのある晩、たいへんなことが起こったのである。

その晩も、変装して、抜け穴からぬけだして、近所の町へあそびに出かけた古宮氏は、その帰りがけ、足をすべらせて崖から谷底へおち、大けがをして、気をうしなってしまった。

幸い、生命には別条なく、古宮氏は夜明けごろ、しぜんと息をふきかえしたが、そのときには、いままでのことをすっかり忘れてしまっていたのである。あまり強く頭をうったので、じぶんの名まえも、家も、妻も、子も、なにもかも忘れて、すっかり別の人間になり、フラフラと東京へ出てしまったのだ。

そして、土方のような、なれぬ仕事をしながら、一年の月日を送ったが、つい先日、仕事場でまた大けがをしてしまった。上から、重い材木がたおれて来て、古宮氏は頭を強くうって、気をうしなったのである。ところが、なにが幸いになるかわからない。また頭をつよくうったために、こんど気がついたときには、もとの古宮氏にかえっていた。黒古宮氏はそのことを、じぶんをつかっていた山脇という土方の監督にうちあけた。黒薔薇荘の抜け穴のことや、それから宝物室にかくしてある、たくさんの宝石のことといっしょに……。

ところが、この山脇監督というのが悪いやつで、それをきくと、古宮氏をあるところへ押しこめ、じぶんは柳沢弁護士と名乗って黒薔薇荘のとなりの別荘をかいこみ、ひそかに抜け穴を通って、宝石をぬすみ出そうとしていたのだった。あのピエロが柳沢こと、山脇監督だったことはいうまでもない。

さて、いっぽう、押しこめられていた古宮氏は、やっとそこをぬけだすと、黒薔薇荘の近所へ帰り、山脇監督をひそかに見張っていたのだった。そして、今晩、とうとうそれを取りおさえたのである。

さあ、こうしてすべての事情がわかると、達子夫人や美智子のよろこびは、どんなだっただろうか。

その翌日はあらためて、親子三人、それに小田切博士や富士夫もまじえて、さかんなお祝いをしたが、その席上、抜け穴のありかを見やぶった富士夫のかしこさが、どのようにほめたたえられたか、あらためて話すまでもないだろう。

さて、富士夫が鏡にうつった時計から、ピエロのとび出すのを見た時刻、それはほんとは何時だったのだろうか。富士夫は十時半と見たのだったが、ほんとの時間はなん時だっただろうか。諸君もひとつ鏡に時計をうつして、調べてみてくれたまえ。

燈台島の怪

地獄の八十八岩

伊豆半島の南方――というよりも南端に近いところに、Sという漁港がある。

関東と関西のあいだを往来する汽船は、すべてこのSの沖合を通るわけだが、その付近いったいの海は、昔から有名な難所になっていて、海面いたるところにニョキニョキと、大小さまざまの岩がつき出ている。

いつ、だれがかぞえたのか、それらの岩のかずは八十八あるそうで、土地のひとは、これを地獄の八十八岩とよんでいた。それというのが、この八十八岩をめぐって、いつも海流が、はげしくウズをまいているので、船がうっかりそのウズにまきこまれると、八十八岩のどれかにぶつかって、こっぱみじんに、くだけてしまうことが多いからである。

そういう難所から汽船を守るために、なにが必要かは、きみたちもよくごぞんじだろう。それは燈台だ。燈台こそは、こういう危険な海上をいく汽船にとって、命の親ともいうべき、みちしるべなのである。

S漁港の港外にも、そういう燈台がひとつあった。それはS漁村の西がわにつき出ている、てんぐの鼻という岬の突端から、約五百メートルはなれた海上にうかんでいる、小さな島のうえに立っているのだ。

　その島はもと、かたちが、うちわに似ているところから、うちわ島だの扇島だのと呼ばれていたのだが、そこに燈台ができてからは、燈台島と呼ばれるようになった。

　これから、きみたちに話す物語は、この、燈台島を中心にして起こった、ふしぎな事件なのである。


　さて、昭和二十六年七月下旬の、とあるお昼すぎのことだった。

　燈台守の島崎さんが、燈台のうえの展望台から、なにげなく双眼鏡で、付近の海上をながめていると、S漁港のほうから、一そうの漁船が近づいてくるのが目についた。

　のっているのは漕ぎ手の漁師のほかに、白がすりの着物にハカマをはいて、古ぼけたパナマ帽をあみだにかぶった小がらな男と、中学生らしい少年のふたりきり。

「おやおや、あのひとたち、この燈台島へくるつもりかな」

　島崎さんはそうつぶやきながら、なにげなく白がすりの男の顔に、双眼鏡の焦点をあわせたが、きゅうに、ハッとしたように、

「やっ、あれは金田一先生じゃないか。そうだ、そうだ、金田一先生だ。先生、おうい、金田一先生……」

　展望台から身をのりだして、島崎さんが右手をふると、船のほうでも気がついたのか、白がすりの男が帽子をとって、ニコニコしながら振るのが見えた。

「ああ、やっぱり金田一先生だ。これはありがたい。いいところへきてくださった。先生におねがいすれば、きっと疑問もとけるだろう」

島崎さんはそんなことをつぶやきながら、おおいそぎで燈台の階段をおりていった。

この燈台の正面には、燈台守の宿舎がたっているが、島崎さんが燈台の正面入り口からとび出すと、出あいがしらにバッタリ出あったのは、その宿舎からとび出してきた、燈台守助手の、古河という青年だった。

「島崎さん、どうかしたんですか」

ふしぎそうにたずねる古河助手の肩を、島崎燈台守は、いかにもうれしそうにたたきながら、

「金田一先生だよ。ほら、いつかきみにも話したことがある、金田一先生がいらっしゃったんだ。もうだいじょうぶ。先生がいらっしゃれば、なにもかも解決するよ」

そういいすてると島崎さんは、おおいそぎで船着き場のほうへ走っていった。

消えた旅人

島崎さんが金田一先生といったのは、おなじみの名探偵金田一耕助のことである。

そして、中学生の少年は、立花滋といって、金田一耕助の少年助手だった。金田一耕助が燈台島へやってきたのは、べつに理由があるわけではない。

金田一耕助は去年の夏も、避暑かたがた、伊豆半島を旅行したが、そのときやってきたのがＳ村である。耕助はそのとき山海寺という寺へ泊めてもらったが、どういうものか、そのお寺の和尚さんと気があって、二週間以上も逗留した。そのとき、燈台見物にきたのが縁になって、島崎さんとも心やすくなったのである。

それで、ことしも山海寺へやってきたのだが、いっしょに来た滋が、いっこくも早く燈台を見たいというので、さっそく、燈台島へやって来たのだった。

「それはそれは、よくきてくれましたね」

それから間もなく宿舎へついた島崎さんは、ふたりにつめたい麦湯をすすめながら、いかにもうれしそうに、ニコニコして、

「それではさっそく、燈台へご案内しますが、そのまえに金田一先生、今夜はこちらへお泊まりになってもいいのでしょう」

と、なにかしら意味ありげな顔色である。

「ええ、それはかまいませんが、なにもそんなにしなくても、とうぶん、山海寺にいるつもりですから、また、たびたびやってきますよ」

「いや、そうじゃなく、ぜひ先生に泊まっていただきたいことがあるんです。ちょっと変なことがありましてね。もっともここにいる古河くんは、神経だというんですが……」

と、島崎さんはかたわらにひかえた、助手の古河青年をかえりみながら、いくらかきまり悪そうに、ごましお頭をなでた。

「はあ、変なことというと……」

「じつは、こういう話なんですがね」

と、島崎さんの話によると、こうだった。

いまから七日まえの夕がたのこと、燈台を見せてほしいと、S村から船でわたって来た旅人があった。ところが、そのひとが、燈台見物をしているうちに、お天気もようがおかしくなってきたのだ。

「ごしょうちのとおり、このへんの海はとても危険で、お天気がよくても、日が暮れるとうっかり船は出せません。そこへ嵐(あらし)がきそうな空もようになったので、そのひとは船をかえして、ここへ泊まることになったのです。そのひとの名は野口清吉(のぐちせいきち)といって、三十五、六歳のおとなしそうなひとでした」

「それで、そのひとがどうかしたんですか」

「はあ、あの、それが……その夜のうちに島から消えてしまったんです」

「島から消えた……」

「そうです、そうです。その晩はあんのじょう、そうとうひどい嵐になったので、わたしどもはなかなか寝つかれず、つい朝寝坊をしたんです。ええ、明けがたごろには嵐もおさまって、よいお天気になっていました。それで、野口さんもよく寝ているのだろうと思って、起こしにもいかなかったんです。ところが天気が、回復したものだから、朝の十時ごろS村からランチをしたてて、二十人あまりの団体客が、燈台見物にやってきました。わたしどもはその案内で、てんてこ舞いをしていたもんですから、つい野口さんのことも忘れてしまって……。ところが団体客が帰ってから……団体客は一時間ばかりで、ランチでひきあげていったのですが、そのあとで、野口さんのことを思い出して、起こしにいったところが、ベッドのなかはもぬけのから。どこにもすがたが見えないのです」

「それは、しかし……そのひとも団体客といっしょに、帰ったのじゃありませんか」

金田一耕助がそういうと、古河青年はわが意をえたりと、いわんばかりに、

「それごらんなさい。金田一先生もぼくと同じご意見ですよ」

「フム、まあ、それはそうかもしれんが、あいさつもしないで行くというのがおかしいし、それにわたしはランチまで、団体客を送っていったんですが、そのなかに野口さんがいたとは、どうしても思えないんですがね」

「なるほど。するとランチで帰ったのでないとすると、夜のうちに……」

「いや先生、それこそ不可能ですよ。さっきもいったとおり、その晩はそうとうの嵐でしたから、そんな危険なまねをするはずがない。だいいち島をぬけ出すにも船がありません。野口さんの乗ってきた船は、さきに帰したし、わたしどものモーターボートは、ちゃんとボートハウスのなかにありましたからね」

「と、いうと、どういうことになりますか。海へでも落っこちたのではないかと……」

「ええ、そうも考えられるんですが、もうひとつわたしの考えでは、その晩の嵐で、こ

の裏にある、ほら、先生もごぞんじの土地のひとが竜ノ口とよんでいる洞穴。あの洞穴のうえの崖がくずれて、洞穴の口をふさいでしまったんです。ひょっとすると野口さんは、あの洞穴のなかへはいっていて、出られなくなったんじゃないかと……」

古河助手は、それをきくと、ゲラゲラ笑って、

「金田一先生、島崎さんはそればかり心配しているんですが、その洞穴なら、のちに土を掘りおこして、なかを調べてみたんですよ。それにだいいち、野口さんが、そんなところへ、はいるはずもありませんしね」

「しかし、それじゃ、あの声は……。あれ以来、ときおりきこえる、あの変な声は……」

「アッハッハ、また、それをおっしゃる。あれこそあなたのそら耳ですよ。あれはなんでもない、波の音かなんかです」

古河助手はこともなげにうち消したが、金田一耕助はふと、ききとがめて、

「声ですって……、どんな声がするんです」

「それがね、どんな声と、はっきりしたことは、いいにくいんですが、どうかすると遠くのほうから……地の底からでもきこえるように、ときおり声がするんです。昼間はほかの音にまぎれてわからないんですが、夜など、ときおり……。だから、野口さんはひょっとすると、まだこの島の、どこだかしらんが、たとえば地の底にでもいるんじゃないかと思って……」

島崎さんのその話をきいたとき、滋はなにかしら、ゾッとするような、うすきみ悪さ

を感じたのだった。

地底の声

その晩、燈台島へ泊まることになった滋は、しかし、なかなか寝つかれなかった。島崎さんはしんせつに燈台へ案内して、いろいろ説明してくれた。滋はそれによって、いろいろなことを知ることができた。

その燈台の光源が、石油単心燈であること。この光源のまわりにとりつけてある、大きなレンズによって、六十万燭光という強い光が、遠くまでとどくこと。そのレンズの重さが約二トンあること。しかも、そのレンズが、グルグルまわる仕掛けになっていて、どこからでも光が見えるようになっていること。二トンもある重いレンズをまわすには、いろいろな歯車をかみあわせ、その歯車のひとつにつなをまきつけ、そのはしに分銅がとりつけてあること。分銅が地球の引力によってさがるにつれて、レンズが回転するようになっていること……。滋はそれらの説明をたいへん興味ぶかくきいたのである。

しかし、いま燈台守の宿舎の一室に、ひとり寝ている滋の頭にうかぶのは、燈台のことよりも野口清吉というひとの、ふしぎなゆくえのことだった。

燈台見物がおわったあとで、滋は金田一耕助とともに、島のなかを案内されたが、そのとき、崖くずれがあったという洞穴も見せてもらった。

わずか五千坪の小さな島だが、それでも平坦なのは、燈台の立っている五百坪ばかりの地面だけで、あとは、小さいながらも崖あり、谷あり、かなり険しい地形だが、なるほど竜ノ口といわれる洞穴の入り口は、崖くずれのために半分うずまっていた。

島崎さんの話によると、嵐の翌日、この洞穴の入り口は、すっかりふさがっていたそうだが、それを古河青年とふたりで、ここまで掘りおこしたのだそうである。

金田一耕助と滋は、こころみになかへはいってみたが、それは深さ三メートルばかりの、なんのへんてつもない洞穴で、どこにもかくれるところはない。

だから、島崎さんと古河青年が、入り口をふさいでいる崖くずれを掘りおこしたとき、野口さんが、ここにいなかったとしたら、そのひとは、ここへ、はいらなかったのにちがいない。

しかし、それでは野口さんは、いったい、どこへいったのだろう。海へ落ちたか、それとも団体客といっしょに、ランチで帰ってしまったのだろうか。

しかし、それでは、そののち、きこえる声というのは、なんだろう。古河助手がいうように、それはやっぱり、島崎さんのそら耳か、波の音なのだろうか。

いやいや、島崎さんのいうとおり、野口さんはまだこの島の、どこかにかくれているのではないだろうか。

あれやこれやと、そんなことを考えているので、滋はなかなか眠れなかった。金田一耕助は食堂で、島崎さんや古河助手をあいてに、おそくまで話しこんでいたようすだが、それでも十二時が鳴るとともに、それぞれへやへひきとったようだった。滋はそれをきいてから、やっと、ウトウト眠りについたのである。

それから、およそどのくらいたったか……。

滋はだしぬけに、ハッと目をさますと、ベッドのうえに起きなおった。そして、暗がりのなかで、ジッと耳をすましていたが、きゅうに気がついて、ベッドからすべりおりると、床に耳をつけた。

すると、ああ、きこえる、きこえる。たしかに、ひとの叫び声がきこえるのである。それは波の音でも、風の音でもない。意味はよくききとれないが、ひとの叫び声であることだけはまちがいない。

はじめ、それは地の底をうろついているようだったが、それがだんだん近くなってきたかと思うと、やがてはっきり、地上からきこえるようになった。

滋は電気をつけると、おおいそぎで洋服を着て、へやの外へとび出したが、そのとたん、となりのへやからとび出したのは、白がすりにハカマをはいた金田一耕助である。

「あっ、滋くん、きみもきいたのか」

「ええ、先生、あれは地の底からではありません。たしかにこの島にいるんです」

「うん、よし、いってみよう」

ふたりが宿舎の玄関のうちがわまできたとき、島崎さんと古河助手も、てんでに懐中電燈を持ってとび出してきた。

すような音。

「金田一先生、やっぱり……」

「シッ、こっちのほうへやってくる」

一同が、息をのんできいていると、あやしい声はしだいにこちらへ近づいてくる。それはまるで、気がくるったような、叫び声とも、うなり声とも、うめき声とも、すすり泣く声とも、わけのわからぬ声だったが、やがて玄関の外までたどりつくと、ガリガリと外からドアをひっかく音、一同が気味悪そうに顔を見あわせていると、やがてまもなく、ウウンとひと声、ふかい、ふかいため息をはいたかと思うと、ドサリと、ものを倒すような音。

それをきくと一同は、ハッとわれにかえった。おおいそぎで玄関から外へとび出すと、そこに倒れているのは洋服を着た男である。その顔へ懐中電燈の光をむけた島崎さんと古河助手は、アッといっせいに叫んだ。

「アッ、や、や、やっぱり野口さんだっ」

それにしても野口さんは七日あまり、いったいどこにいたのだろう。洋服もくつも泥だらけになり、やつれはてた全身には、ほうぼうかすり傷ができて、血がにじんでいる。

しかも、金田一耕助があわてて抱きおこしたとき、ああ、なんということだろう。野口さんはすでに息がたえていたのだった。

クサリの輪

七日のあいだ、ゆくえをくらましていた野口さんが、とつぜんあらわれたかと思うと、なにもうちあけるひまもなく、死んでしまったときには、一同はまるでキツネにつままれたような感じだったが、それでも夜が明けるとともに、金田一耕助の注意によって、古河助手がS村の駐在所とお医者さんのところへ、このことをしらせにいった。

駐在所の清水巡査とお医者さんは、すぐ古河助手といっしょに、燈台島へかけつけてきたが、お医者さんの見たてによると、野口さんはべつに、だれにどうされたというわけではなく、極度の疲労と衰弱のために、死んだのだろうということだった。

だが、それにしても野口さんはいったい、どこにいたのだろう。まえにもいったとおり、わずか五千坪の小島のこと、七日という長いあいだ、島崎さんや古河助手の目をのがれ、かくれていられるはずはないのだ。

と、すると。……だれの頭にも、サッとひらめくのは、野口さんがゆくえ不明になって以来、ときおりきこえたという地底の声のこと。

ああ、もう、まちがいはない。この燈台島にはひとの知らぬ、地下の洞窟があるにちがいない。

野口さんはその洞窟へ入りこんだが、なにかのはずみに出口がわからなくなり、七日七晩、飲まず食わずで、死の恐怖にさいなまれながら、あてもなく、まっくらな洞窟をさまよい歩いていたのではないだろうか。そして、八日めの夜になって、やっと出口を見つけてはい出し、燈台守の宿舎までたどりついたとたん、気のゆるみから、あえなく息がたえたのだろう。

だが、それにしても野口さんは、なんだって地下の洞窟へはいっていったのか。いやいや、それより、長くここに住んでいる、島崎さんさえ知らぬ洞窟のありかを、どうして知っていたのだろう。しかし、それらの秘密も、地下の洞窟を発見し、そこに何があるかわかれば、とけるのではないだろうか。

そこで金田一耕助は一同と力をあわせて、島のなかをくまなく調べてみたが、どこにも洞窟の入り口らしいものを発見することはできなかった。それはよほどうまく、かくされているらしいのである。

さて、いっぽう野口さんの持ち物も、厳重に調べてみたが、わずかなお金のほかには、なにひとつ身もとのわかるような書類は、身につけていないのだ。ただ、なにかの役にたちそうに思われたのは、野口さんの左の腕に、妙ないれずみがあったことだった。それはオリンピックのマークのように、五つの輪をクサリにつないだいれずみで、なにかそこに、意味がありそうに思われた。

それともうひとつ、紙入れのなかから発見された、ふしぎな紙があった。

それはたて二十五センチ、よこ十五センチばかりの、ふつうの画用紙だったが、ところどころ、不規則に四角な穴が、窓のように切りぬいてあるのだ。

それはちょうど、つぎのようなかっこうだった。

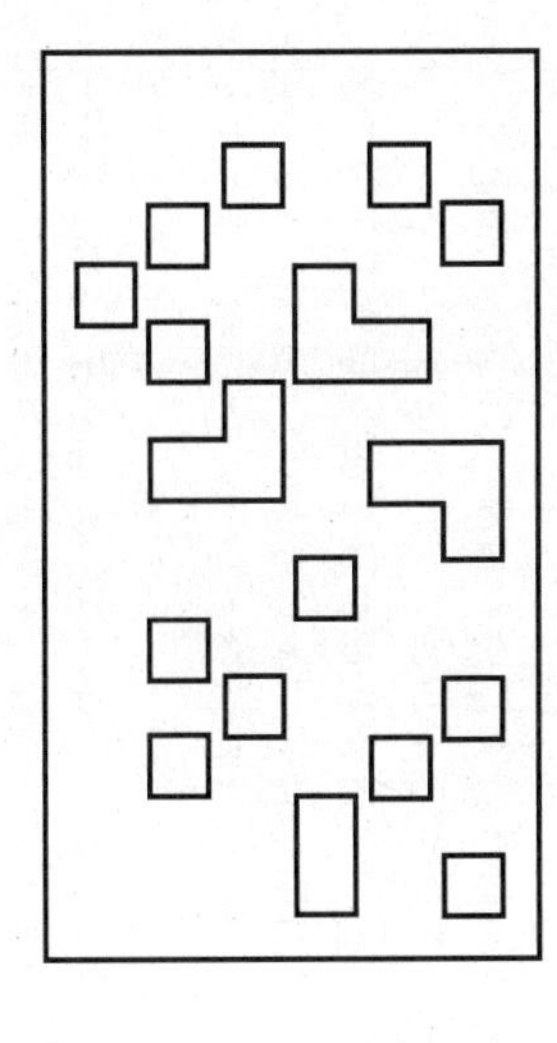

「おやおや、これはなんでしょうね」

清水巡査はふしぎそうな顔をしていたが、金田一耕助はキラリと目をひからせて、

「清水さん、これはぼくがおあずかりいたします。いいでしょう」

「ええ、それはいいですが、何かそれに……」

「いや、べつにたいしたことはありませんがね」

金田一耕助は、ふしぎな紙をていねいにたたんで、手帳のあいだにはさみこんだ。

さて、野口さんの死体のしまつだが、なにしろ夏のことだから、いつまでもほうっておくわけにはいかない。そこで、S村へはこんでいって火葬にし、山海寺で、かたちばかりのおとむらいをすることになった。

それは野口さんが死んでから三日めの晩のことで、山海寺の和尚さんのへやには、和尚さんに金田一耕助、清水巡査に立花滋少年もまじって、燈台守の島崎さんがくるのを待っていたが、その島崎さんは六時ごろ、あたふたと燈台島からかけつけてきた。

「やあ、おそくなってすみません。出かけようとするところへ、燈台見物の客が、ふたりやってきたものですから……」

島崎さんは、そんないいわけをしながらじぶんの席についた。

さて、こうしてみんなそろったので、こんどのふしぎな事件について、いろいろ語りあっていたが、そのうちに金田一耕助が思い出したように、

「ときに和尚さん、去年ぼくがここへきたとき、むこうの額堂(がくどう)に、ふしぎな額がかかっていましたね。なんだかわけのわからぬ、おまじないみたいなことを書いた、……あの額はどうしました。いま見るとありませんが……」

和尚さんはそれをきくと、ピクリとまゆを動かして、

「ああ、あの額ならちゃんととってあるよ。しかし、金田一さん、あんた、どうしてそんなことをきくのかしらんが、ちょっと妙なことがあるよ」

「妙なことというと……」

「じつはさっき、ふたりづれの客がきて、あの額のことをきくので、出して見せてやったばかりのところじゃでな」

「えっ、あの額のことをききに……。いったい、それはどんな男でした」

「ひとりは右足が義足の男、もうひとりは片腕のない男じゃったな」

「な、な、なんですって、義足の男に片腕の男ですって。それじゃさっき、燈台見物にやってきた連中です。あの連中なら、まだ燈台島にいるはずだが……」

それをきくと一同は、おもわずあけはなった障子の外に目をやった。八十八あるといわれる岩が、ニョキニョキと海面からつき出ているなかに燈台島の燈台が、しだいに暮れなずんでいく海にむかって、クルリクルリと、規則ただしい回転をしながら、強い光をなげている。

奉納額の秘密

一同はしばらく燈台の光を見ていたが、やがて和尚が一枚の板の額を取りだして、

「金田一さん、いまお話のあった額というのはこれじゃが、これになにか……」

滋がのぞいてみると、じっさいそれはふしぎな額だった。たて二十五センチ、よこ十五センチほどの、けずった板のうえに、なにがなんだか、わけのわからぬ文字が、墨で

べたべたと書いてあるのだ。それはつぎのような文句だった。

いきかれなたなめそきのやまい
たわつわのなねしほひてもする
まつのとのかまんいろはなわを
ちにぬほさしへかよれつむいけ
こてよふくへ三ちぬとそおろや
まもさせけひねいちさくまなん

　金田一耕助はしばらく額のおもてを見ていたが、やがてふところからとり出したのは、このあいだ、野口さんの紙入れから発見した、あの穴のあいたふしぎな紙だった。

「滋くん、この紙を額のうえにあててごらん、そうすると、穴のあいたところへ文字が出てくるから、それを読んでくれたまえ」

「あっ、先生。それじゃこれは暗号ですか」

「そうだ、そうだ、暗号の一種なんだ。こうしてでたらめに文字をならべてあるのだから、ぜったいにとけやしない。ただ、この紙を持っているものだけが、暗号をとくことができるのだ」

滋はふるえる指で、耕助からわたされた紙を、額のうえにあてがった。するとそこに出てきたのは、まえのような文字だった。

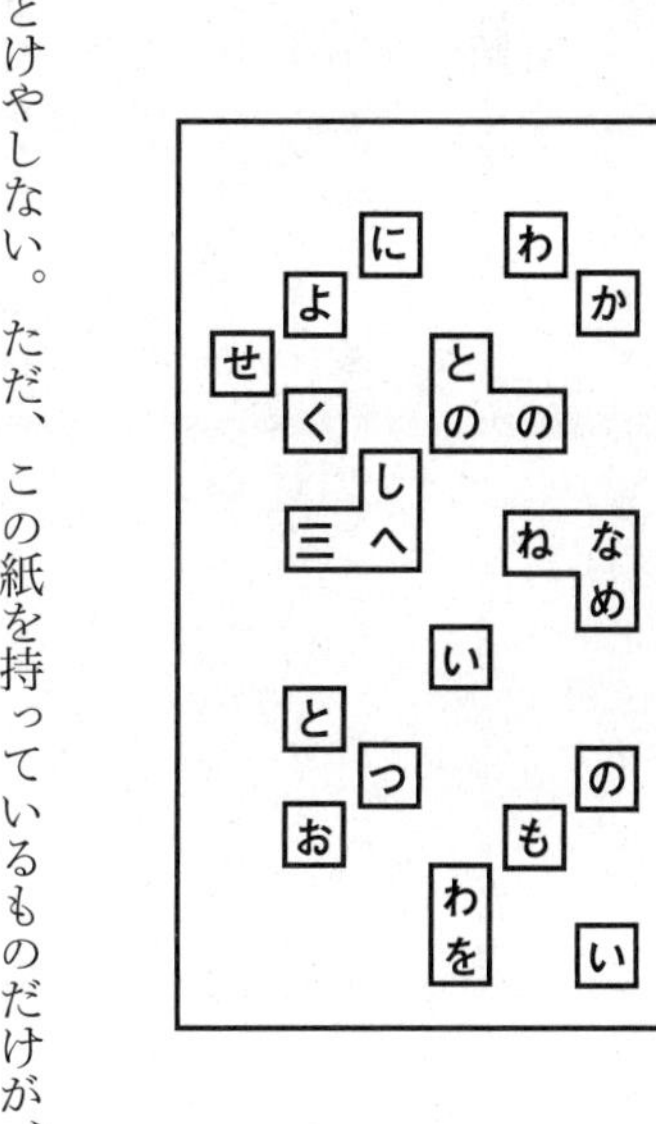

「かなめの岩の根元の岩を、西へ強く三度押せ。……あっ、先生、ひょっとすると、これは洞窟の入り口のことではありませんか」

「そうだ。それにちがいない。島崎さん。燈台島にかなめの岩というのがありますか」

島崎さんはびっくりして、目をパチクリさせていたが、やがて息をはずませて、

「ええ、あります。あの島はもと、うちわ島だの、扇島だのとよばれていたのですが、扇のかなめにあたるところに、大きな岩があって、それをかなめの岩とよんでいるんです」

「アッ、それだっ。それにちがいない」

金田一耕助はうれしそうに叫んだが、そのときそばから、ふしぎそうにひざをのり出したのは清水巡査である。

「しかし、どうしてこんなものがここにあるんです、和尚さん。この額を奉納したのは、いったいどういう人物ですか」

和尚さんもびっくりして目を見はっていたが、清水さんにそうきかれると、

「いや、じつはそのことについて、今夜みなさんにきいてもらおうと思っていたことがありますのじゃ。島崎さん、あの燈台ができあがったのは、昭和十六年のことでしたな」

「はあ、そうです」

「すると、あれは昭和十五年のことじゃったろう。まだ地ならしもできておらなんだじぶんのことじゃから」

ある日、この村の漁師がひとり、波にまきこまれて、あやうくあの島へ逃げこんだが、するとそこに男がひとり、頭をぶちわられて死んでいるのが発見されたのだ。

「それで大さわぎになったのじゃが、だれもその男を知っているものはない。また、持

ち物を調べても、身もとのわかるようなものは、なにひとつ持っておらんのじゃ。そこで、どこのだれともわからぬままに、火葬にして、この寺へほうむったのじゃが、その死体の左の腕に、こんどの野口という男と、すっかり同じいれずみがあったのじゃな」

一同はおもわず顔を見あわせた。

「ところが、そのことがあってから一年あまりのちのこと、この寺へ四人づれの男がやってきた。なんでも四人とも、近く戦争にいかねばならぬが、戦争にいくと、生きて帰れるかどうかわからない。ついてはこの額を額堂にかかげて、せめて、われわれの武運長久を祈ってもらいたいと、額とかなりたくさんの金をおくと、名まえも名のらず立ち去ったのじゃ。わたしはこのことと、まえのいれずみのある死体と、つながりがあろうとは、たったいままで気がつかなんだが、いま、金田一さんの話をきいているうちに、ハッと思い出したことがある。このあいだ死んだ野口という男、あれがたしか、四人づれのひとりだった。それから、さっき来た義足の男と片腕の男、これまた四人のなかまだったように思う。と、すると、昭和十五年に殺された男をいれて五人の男、これがいれずみにあるクサリの輪、五つの輪を意味するのではあるまいか」

和尚さんの話をきいて、一同がシーンとだまりこんでいるときだった。滋がとつぜん、大きな声で叫んだ。

「あっ、金田一先生、島崎さん、あれは、どうしたんでしょう。燈台の明かりの回転が、さっきより早くなったようですが……」

その声に一同はギョッとして、海のほうをふりかえったが、ああ、なんということだろう。燈台の明かりの回転速度は、各燈台によってきまっているものなのに、それがたしかにさっきより、早くなっているのである。

「金田一先生、いってみましょう。燈台になにか変事があったにちがいない」

島崎さんは血相かえて立ちあがった。

大金塊

燈台の回転がつなのさきにぶらさげられた、分銅によって起こるということは、まえに説明したっけね。だから、分銅の重さが変われば、回転度数も変わるわけなのだ。

島崎さんは燈台島へ帰ってくると、すぐ燈台へとびこんで、分銅を調べたが、そのとたん、おもわず、アッと立ちすくんだ。

分銅は燈台の塔の中心を、たてに走っている、コンクリートの円筒のなかにぶらさがっているのだが、なんと、その分銅のうえに男がひとり、グッタリと、しばりつけられているではないか。しかも、そのからだからポタポタと血のしずくが……。

「あっ、義足の男だっ」

いかにも、それは義足の男。どうやらピストルでうたれたらしく、分銅とともに宙にぶらさがっている気味悪さ。滋は、おもわずゾッと身ぶるいをせずにはいられなかった。

「金田一先生、清水さん、手をかしてください。とにかく、あの死体をおろして、燈台の回転を正常にもどさねばなりませんから」

一同が死体をおろすと、金田一耕助は左の腕を調べてみた。するとそこにはまぎれもなく、クサリの輪のいれずみが……。

「やっぱりそうです。なかまのひとりですね」

「金田一先生、それより古河くんはどうしたのでしょう。ひょっとすると古河くんも……」

島崎さんのことばに、一同はゾッとしたように顔を見あわせた。

「とにかく、さがしてみましょう。燈台のうえにいるのではありませんか」

そこで一同は回転階段をかけのぼり、ガラス張りの光源室から、展望台のほうへも出てみたが、古河助手のすがたはどこにも見あたらない。

「あっ、そうだ。ぼくはなんというばかだろう。片腕の男は洞窟へはいっていったにちがいない。ひょっとすると、古河くんもそのひとを追っかけていったのかもしれない。島崎さん、かなめの岩というのはどこですか」

「行きましょう、こっちへきてください」

燈台から外へとび出すと、今夜はさいわい月夜なので、懐中電燈もいらないくらい。

やがて一同は島のはずれの、小高い絶壁のうえにたどりついた。見るとその絶壁のうえには、針のようにさきのとがった大きな岩が、くろぐろと空にそびえているのである。

「金田一先生、あれがかなめの岩です」

かなめの岩の根もとには、親牛ほどの岩が横たわっていた。

「島崎さん、西といえばあちらですね。清水さん、その岩を押してみてくれませんか」

清水さんは無言のまま、小岩に手をかけ、一度、二度、三度強く押した。すると、どうだろう。押すたびに加速度的に、小岩がグラグラゆれたが、三度めに力をこめて押したとたん、かなめの岩がとつぜん、グラリと二十度ほどかたむいたのだ。

「アッ、あぶないっ」

一同はおもわずとびのいたが、しかし、かなめの岩はそれ以上かたむくこともなく、ふしぎな平衡をたもっている。そして、その岩の根もとにポッカリひらいたのは、それこそ洞窟の入り口なのである。

「ああ、これじゃ、わからないのもむりはない。だれがこの大きな岩が動くと思いましょう。これこそ神の奇蹟ですね。大岩と小岩とが、たくみに平衡をとりあって洞窟の入り口をかくしていたのです。アッ、あの音はなんだっ」

そのとき、とつぜん洞窟のなかからきこえてきたのは、ピストルをうちあうような音。

「アッ、いけない。片腕の男と古河くんとが、うちあいをやっているのだ。いってみましょう」

金田一耕助は懐中電燈をふりかざし、いちばんに洞窟へとびこんだ。そのあとから三人もつづく。

洞窟のなかは岩をきざんで天然の階段ができていた。階段は約五十段、それをおりると、ジメジメとした横穴である。横穴は、ずいぶん長くて、まがりくねっていたが、それを五百メートルほどいったところで、一同はギョッとして立ちどまった。

大きな木の箱をなかにはさんで、ふたりの男がピストルをにぎったまま倒れている。いうまでもなく片腕の男と古河青年。片腕の男はみごとに胸をつらぬかれて死んでいたが、古河青年のきずは急所をはずれていた。

島崎さんが古河青年のきずを調べているあいだに、金田一耕助は木の箱をひらいて、懐中電燈の光でなかを調べていたが、とつぜん、声をふるわせて叫んだ。

「アッ、し、島崎さんも清水さんもごらんなさい。金塊ですよ、す、すばらしい大金塊！」

金田一耕助の声に、一同はぼうぜんとして、箱のなかを見つめた。

かけつけてきた医者の手当てで、古河青年は間もなく正気にかえったが、その告白によって、なにもかもが明らかになった。

古河青年には謙一という兄があって、長く南方にいたが、昭和十五年に内地へ帰り、間もなくゆくえ不明になってしまった。古河青年は兄のゆくえをさがしていたが、そのうちに兵隊にとられて、ビルマへ派遣された。ところが同じ部隊に山本という上等兵がいたが、その男の左の腕にクサリの輪のいれずみがあったのである。

古河青年は兄の腕にも、同じいれずみがあったことを知っているので、山本上等兵にそのわけをたずねた。山本上等兵は、なかなか話をしなかったが、戦傷をうけて死ぬまぎわに、はじめて秘密をうちあけたのである。

古河青年の兄と山本上等兵、それからほかに三人のなかまがあって、これがクサリの輪の一味だった。五人は南方から金塊を持ち帰り、それを扇島の洞窟にかくしたのである。

あの岩窟は昔、海賊が利用していたものだが、その後世間から忘れられていたのを、なかまのひとりが発見したのだった。

ところが金塊をかくしたのち、五人のあいだに、いさかいが起こって、とうとう謙一は殺されてしまった。あとの四人は死体をすてて扇島をたちのいたが、のちに、洞窟を開く仕掛けを忘れぬように、暗号にして、山海寺へおさめ、それぞれ兵隊にとられたのである。

古河青年は山本上等兵から、そういう話をきいたので、内地へ帰ると、つてをもとめて、燈台島へ住みこんだのだった。

「ぼくはこの島に、金塊がかくされていることは知っていました。しかし、洞窟のありかも、それを開く仕掛けも知らなかったのです。山本上等兵はそれを語るまえに、息が絶えてしまったのです。ぼくが、この島へきたのは、金塊がほしかったからではありません。兄の復讐をしたかったからです。兄は、あの金塊を政府に供出すべきだと主張しために、四人のなかまに殺されたのです。その四人のうち、山本上等兵は戦死しましたが、あとの三人は生きているかもしれない。生きていれば、きっと金塊をとりにくるでしょう。ぼくは、それを待っていたのです」

古河青年の目的はみごとにとげられた。三人のうちのひとり、野口は、洞窟のなかで道にまよって狂い死にし、あとのふたりも非業のさいごをとげた。義足の男を殺したのは、片腕の男だったが、その死体を分銅にぶらさげたのは古河青年だった。それによって、島崎さんや、金田一耕助に、燈台に異変の起こっていることをしらせるとともに、自分は片腕の男のあとを追って洞窟へはいり、あいてに決闘を申しこみ、ついに兄の復讐をとげたのである。

問題の金塊は、いま、政府の金庫に保管されている。それは、遠からず、有益な社会事業のために使用されるということである。

謎のルビー

街のサンドイッチマン

たそがれの色がしだいに深まってきた日比谷の夕まぐれ、おりからの会社の引け時をねらって、みちばたに奇妙な人形がたたずんでいた。

俗にいう広告人形。ぬいぐるみのなかにひとがはいって、ビラくばりする街のサンドイッチマン。ダンダラ染めの胴体に横っちょにかぶった三角帽、おどけた顔のおかしさに、ひとびとはビラをうけとっていたが、おりからそこへ、公園をぬけてやってきたひとりの少女。手に花かごをさげているのは、ひと目で知れる花売り娘、おおかた銀座へ、花めしませと、あきないにいく途中だろう。

少女は、ふと夕やみのなかにたたずんでいる広告人形をみると、なぜかおびえたような目つきをしたが、やがてソワソワと近づくと、そのせつな、ふたりのあいだに、なにやら、すばやく交換された。と、さっきから少女のあとを尾行していた男が、つかつかと二人のそばへよると、

「きみ、きみ、ちょっと待ちたまえ」

と、少女を呼んだ。すると少女の顔は、にわかに、サッとまっさおになったのである。

「あの、なにかご用でしょうか」

と、ききかえすのもオロオロ声。

「用があるから呼びとめたのだ。わしは警察の者だが、おまえ、いま、何かこの男にわたしたね」

「あら、そ、そんなことはありません」

少女はいよいよまっさおになった。

「うそをついてもだめだ。わしはこの目で見ていたんだ。どうもおかしいと思っていたよ。どこかで兄貴と通信しているにちがいないと、このあいだからお前のあとを尾行していたんだが、化けも化けたり、広告人形とはおどろいた。おい、広告人形、そのぬいぐるみをぬいでみろ」

「なにかぼくにご用ですか」

ぬいぐるみのなかから答えたのは、意外にもおちつきはらった声だった。

「おや、こいつ、いやにおちついている。きさまはこの娘の兄の深尾史郎だろう」

「ぼくが？　そのひとの兄？　じょうだんでしょう」

「しらばくれるな。なんでもいいから、ぐずぐずいわずに、そのぬいぐるみの人形をぬぐんだ」

「はい、はい、しょうちしました」

広告人形の男は、ぶかっこうな人形のなかから、モゾモゾとはい出したが、その顔をみると刑事も少女もおどろきの目をみはった。

「や、や、こいつはちがったか」

「刑事さん、いかがです。疑いが晴れましたか」

意外にも、それは二十五、六歳の青年紳士(しんし)。それにしても、このような紳士がビラくばりをしているなんて妙な話だ。

「フム、わかった。さては、きさま、この娘の兄にたのまれて、かわりにやって来たんだな。なんでもいいから、いまうけ取った紙きれを見せろ」

「紙きれですって？　刑事さん、何かのまちがいじゃありませんか。ぼくは何もこの人からうけとったおぼえはありませんがねえ」

「しらばくれるな。よしよし、それではここで身体検査をするがいいだろうな」

「身体検査ですって？」

青年が顔をしかめたのもむりはない。あたりには、はや、いっぱいの、ひとだかりだった。

「困ると思えばすなおに出したらよかろう。第一きみのような人間が、なんだってチンドン屋みたいなまねをしているんだ」

「いや、それをいわれるとめんぼくありません」

青年はひとをくったように頭をかきながら、

「実は、おもしろ半分につい――」

「おもしろ半分？　フフン、どうもあやしいやつだ」

刑事はむりやりに青年のからだを調べたが、あやしい紙きれは見あたらなかった。

はてな？　と刑事は首をかしげながら、

「おい、きみの名はなんというんだ」

「ぼくですか。ぼくは藤生俊太郎という者です」

「藤生俊太郎？　おお、ここに名刺がある」

青年の紙入れからとり出した名刺を、ちらとながめた刑事は、急に、ギョッとした面持ちで、

「藤生俊策？　おい、名刺には藤生俊策とあるが、きみはこのひとの何にあたるのだ」

「藤生俊策はぼくの父ですよ」

「えッ、すると君は藤生さんの令息ですか」

にわかにあらたまった刑事の態度に、少女はハッと青年の顔を見なおしたが、刑事はふと何か思いついたようすで、

「ああ、すると君も、もしやこの事件に――」

といいかけたそのときだった。

少女が、アッとかすかな叫び声をあげたので、ふたりが向こうを見ると、ああ、なんということだ。夕やみの中をフラフラとこちらへ近づいてくるのは、青年のかぶっていたのと、まったくちがわない広告人形だった。わかった。少女はきっとあの広告人形とまちがえたにちがいない。

「あ、あいつだ。あいつが本物なんだ」

刑事はふたりのことも忘れ、いきなりバラバラとその方へかけよっていったが、と、むこうでも気づいたのか、にわかにクルリときびすをかえすと、柳をかすめて一目散、つと公園のなかへとびこんだ。これを見た見物人も、ワッとばかりに刑事のあとについていった。

日比谷の捕物

「そら、そっちへ逃げたぞ。噴水の方だ」

「あ、あ、あっちだ、そら、逃げた」

暗い公園のなかは、ワッワッと、ウサギ狩りのようなさわぎ。

さすがの広告人形もこれには弱って、しだいに公園の片すみへ追いつめられていったが、そのとき、彼の行手をさえぎったのは有名な野外音楽堂。広告人形は、つとそのかげへかくれた。追手のほうではしめたと思ったが、さすがに気味が悪い。用心しながら、オズオズと近づいて行くと、暗やみのなかからまたもや大きな頭をふりながらフラフラとあらわれた。

「そら、いたぞ」
三、四人、おし重なっておどりかかると、これはまた意外、相手はたわいもなくへた

ばって、

「い、いったい、あっしをどうしようというんだ」

と、いう声はどうやら酒に酔っているらしい。刑事はいそいでぬいぐるみの人形をとりのけた。

すると、中からあらわれたのは、ひげもじゃの老浮浪者である。

「こら、きさまはなんだって逃げるんだ」

「いいえ、べつに逃げやしません。いまそこのベンチに寝ていたところ、若い男がやってきて、しばらくこの人形をかわってくれ。そうすれば千円やるといって、千円札を一枚くれましたので——」

しまったと叫んだが、すでにおそかった。

刑事はまんまと一ぱいくわされたのだ。さわぎのあいだに、相手はすでに逃げてしまったと見え、そのへんには影も形もなかった。いやいや刑事がとり逃がしたのは、その男ばかりではなく、気がついてもとの場所へ引きかえしてみると、花売り娘も怪青年もすでにそのへんにはいなかった。

ちょうどそのころ、牛込は矢来町、藤生俊策と表札のかかげられた家のひと間で、いましもさしむかいで話しているのは、あの怪青年と花売り娘のふたりである。

さて、この藤生俊太郎とは何者かというと、父は藤生俊策といって人に知られた名探偵。

その血をひいた俊太郎も、いつしか探偵事件に興味をおぼえ、おりあらば、父におとらぬ手柄をたてたいとねがっていたところだった。

「じつは、このあいだ、はからずもきみが、あの広告人形と手紙を交換しているところを見たんだ。そのときのきみのようすがふつうとは思えなかったので、それから毎日、きみたちのようすをソッとうかがっていたのだが、きょうはとうとうあのような人形をこしらえ、そのなかへはいってきみの手紙をよこどりしようとしたが、いや、悪いことはできないね。刑事につかまって、まんまと化けの皮をひんむかれたのは大失敗、大失敗」

俊太郎は、さも愉快そうに大声で笑った。

「そういうわけで、ぼくはけっして怪しい者じゃない。心配ごとがあるなら打ちあけてくれないか。およばずながら力になることができるかも知れないからね」

やさしくいわれて、いまは疑いも晴れたらしく、少女はポトリとなみだをおとした。

「で、きみの名はなんというの？」

「由美といいます、深尾由美です」

「そう、そしてあの広告人形はきみのにいさんなんだね。にいさんはなんだってあんな中にかくれているの？」

首をうなだれた由美のなみだは、いよいよはげしくなるばかりで、すぐに返事も出なかった。

「そうそう、さっききみにもらった手紙があったね」

　俊太郎はそういうと、いったいどこにかくしてあったのか、刑事があんなに捜しても発見できなかった紙きれをポケットからとり出したので、由美は思わず、マアと目をみはった。

「ははは、驚いた？　なに、こんなものかくすのわけないよ、ほらごらん」

　いいながら、俊太郎がスッポリと左の親指を抜いたので、由美はアッとまっさおになる。

「ハハハ、驚かなくてもいいよ。指はちゃんとついてるから安心したまえ、これはゴムのサックなんだが、指と同じかっこうをしているので、こうしてかぶせておくと、ちょっとわからないだろう。このサックのなかへかくしておいたのさ」

　こともなげにいいすてると、俊太郎はまるめた紙きれをひらいて読んだ。

――おにいさま、どうぞ警察へ自首してください。逃げかくれすればするほど、うたがいはましてきます。神さまは何もかもお見通しです。志摩(しま)さんのルビーを盗んだ泥棒(どろぼう)も、波越(なみこし)さんを殺した悪者もいまにきっとつかまります。おにいさま、どうぞ、どうぞ、警察へ出て、ありのままを話してください――。

俊太郎はそこまで読むとギョッとして、

「あ、するときみのにいさんというのは、いま、世間でさわがれているルビー事件の――

――」

とおもわず、由美の顔を見なおしたのである。

ルビー事件

そのころ、世間でさわがれたルビー事件というのを、かんたんにお話しておこう。

有名な実業家の志摩貞雄（さだお）氏の夫人貞代（さだよ）が、母のかたみと大事にしているルビーの指環（ゆびわ）があった。時価、何千万円というすばらしい宝石だが、十日ほど前、このルビーが紛失してしまったのだ。

その日、ルビーが指環からはずれたので、貞代夫人は修理にやるつもりで、部屋（へや）のたんすにのせておいた。ところが、一時間ほどのあいだに、なくなってしまったのである。

さあ屋敷じゅう大さわぎ。部屋のなかはむろんのこと、庭の池までさらってみたが、宝石はついに見あたらない。ひるまのことだから、外から泥棒が入ったとは思えない。といって、家のなかに盗みをするような、ふこころえ者があろうとも思えない。

志摩氏は警察へとどけたらといったが、貞代夫人はもう一日待って見ましょうといって、その夜はすぎたが、翌朝になってもルビーは出てこない。

するとこのとき、志摩氏の秘書の日疋という男がこんなことをいった。

「奥様、きのう宝石のなくなったころ、波越さんがお見えになっておりましたね。波越さんにおたずねになりましては？」

波越というのは貞代夫人の従弟である。

「まあ、日疋さん。それじゃ、あの人がルビーを盗んだとでもおっしゃるの？」

「いやそうじゃありませんが、あのとき、お部屋のすぐ外のお池にしゃがんでおられましたから、何かごぞんじかも知れぬと思いまして……」

「貞代や、日疋のいうのももっともだ。おまえ、ちょっと波越のところへ行ってみたら」

志摩氏もそばからいうので、貞代夫人は日疋といっしょに、大久保の従弟のところへ出向いて行った。

この波越恭助は、親類じゅうでも鼻つまみの変人で、三、四年まえ大学を出たきり、いまだに就職もせず、すばらしい発明をするのだと、自宅の実験室でわけのわからぬ薬品ばかりひねくりまわしている。そして金にこまると、親類じゅうを無心に歩き、きのう志摩邸へ来たのも例によって、お金の無心だった。貞代夫人もたびたびのことなので、きのうはキッパリことわったが、ひょっとすると、その恭助が、こっそりルビーを持ち帰ったのではなかろうか。

貞代夫人は大久保の宅へつくと、荒々しく実験室のドアをあけた。いい忘れたが恭助は、お手つだいもおかず一人暮らしだった。

ところが、その実験室のドアをあけたとたん、夫人はアッと立ちすくんでしまったのだ。

なんということだ。床の上には、恭助がグサリと胸をえぐられて死んでいるではないか。

しかも、そのそばにはひとりの青年が、血まみれの短刀を持ったまま、ぼうぜんと立っているのだ。

「あっ、深尾さん！」

貞代夫人はおもわずそう叫んだが、この青年こそだれあろう。由美の兄、深尾史郎だった。

史郎は学生時代から恭助の親友で、今度の発明というのもふたりの共同事業だったので、恭助の親類はみんな史郎にいい感情を持っていなかった。貞代夫人もそのひとりだった。

「まあ、深尾さん、あなたはなんという恐ろしいひとです」

というそばから日疋秘書も、

「深尾くん、これはいったいどうしたのだ。きみはなんだって恭助さんを殺したのだ」

とはげしいけんまくでつめよった。それを聞くと史郎はハッと夢からさめたように、

「ぼくじゃない。ぼくが来たときには、波越くんはすでにだれかに殺されていたのだ」

と、しどろもどろに弁解したが、貞代夫人は頭からはねつけた。

「うそをおっしゃい。あなたの仕わざにきまっていますわ。日疋さん、早く警官を呼んでちょうだい！」

史郎もそれを聞くと、もうこれまでと思ったのか、いきなりふたりを突きのけて、風のように外へとび出して行った。

「あれえ、だれか来てちょうだい、人殺しィ！」

貞代夫人の声に警官がかけつけてきたときには、史郎のすがたはすでに、そのへんにはなかった。

それきり史郎は家へも寄らず、きょうまで消息がわからなかった。むろん、貞代夫人のルビーもいまだに発見されない。

「ええ、犯人は深尾史郎にきまっていますわ。恭助さんがルビーを持ち帰ったのを見て、それがほしさに、あんな恐ろしいことをしたのよ。ほんとににくらしい。あの男をつかまえて、ルビーを取りもどしてくだすったらお礼として五十万円、いいえ、百万円さしあげますわ」

と、そのとき、貞代夫人は新聞記者に語ったとやら。

由美はそこまで話すと、おもわず涙をおとした。

「あたし、兄を信じています。おにいさまはそんな恐ろしいひとではありません。二、三年前に父が株に失敗して亡くなり、兄弟で叔母（おば）のところへ引きとられるようになってから、だれひとり、あたしたちの味方になってくれるひとはありません。兄がせっかくまじめに研究しようとすれば、やれ友だちをだますの、だましてお金をつかわせるのと悪口をいわれ、あげくのはては、人殺しの汚名まで着せられて……」

由美は、くやしげにワッとその場に泣き伏した。俊太郎はやさしくその肩をなでながら、

「いいよ、泣くのじゃない。これからぼくが味方になってあげる。そして真犯人をとらえて、にいさんの疑いを晴らしてあげるからね」

「ほんとうに？」

「ほんとうとも。だから、ぼくのきくことにハッキリ答えるんだよ。きみはいつごろおにいさんが広告人形に化けていることを知ったの？」

「五日ほどまえからですの。あの広告人形のくれたビラを見ると、おにいさまの筆跡で、じぶんはここにいるから心配するなと書いてありましたの。あたしハッとしましたが、その日はなに気なくすまして、それからのち、まい日、ソッと手紙のやりとりをしていましたの」

「なるほど。それでおにいさんはルビーのことを、なんともいっていなかった？」

「おにいさまは、ぜったいに知らぬといっていますわ」

「志摩夫人は恭助というひとが、ルビーを持ち帰ったのだろうといっているが、そのひとは盗みなんかするひとなの？」

由美はそれをきくと強く頭をふった。

「いいえ、いいえ、あの方にかぎって、そんなことはありませんわ。波越さんは兄と同じように、強く正しい方です。どんなにまちがったところで、そんな、そんな――」

「いや、よくわかった。そのひとがルビーを盗んで帰ったのではないとすれば、おにいさんがあのひとを殺すわけもないね。由美さん、まあ安心していたまえ、この事件はきっとぼくが引き受けたよ」

俊太郎は自信ありげに大きくうなずいて、キッパリといった。

ビンにうつる影

だが、そういいきったものの、俊太郎も何から手をつけてよいやらさっぱりわからなかった。

由美のことばによると、恭助は盗みをするような人間ではないというが、そうすると彼が殺されたのはなぜであろう。ルビーのほかに、殺されるような原因があったろうか。

いやいや、これはやっぱりルビーのためだ。恭助はあの晩ルビーを持っていたにちがいない。しかし盗んだのでないとすれば？――ああ、わかった、恭助は、じぶんでも知らずにルビーを家へ持ち帰ったのだ。ルビーを盗んだ犯人が、一時なにかのなかへかくしておいたのを、恭助は知らずに持ち帰ったのかもしれない。

そうだ、そうだと、俊太郎は、われながらうまい考えに手をうってよろこんだが、これから先は現場を見なければなんともいえぬと、翌日の夜おそく、彼はこっそりと大久保の実験室へ出向いて行ったのである。

恭助のすまいは、あれ以来だれも住んでいないとみえて、まっくらだったが、裏木戸をおすとなんなくひらいた。しめたとばかり俊太郎は、懐中電燈で足もとをてらしながらはいっていった。

問題の実験室もすぐわかった。厚い壁、高い天じょう、厳重な二重窓――ガランとした陰気なへやで、床にはまだ、恭助の血がこびりついているのではあるまいか。

やがて俊太郎は電気のスイッチをさぐりあてて、こころみにひねってみると、パッと明かりがついた。

と、そのとき、にわかにはげしい羽ばたきと、かん高いキーキー声がきこえて来たかと思うと、えたいの知れぬ怪物が、サーッと風をまいておどりかかってきたので、さすがの俊太郎も、おもわずアッと叫んでうしろへとびのいた。が、よく見ると、それは一羽のオウムだった。

オウムは毛を逆立ててしばらく、きちがいのようにとびまわっていたが、あいにく、太いクサリでとまり木にしばりつけられているので、クサリの長さだけしか、とぶことができないのだ。

俊太郎はホッと胸をなでおろした。しかしオウムがこうして生きている以上、毎日見まわる者があるにちがいない。ぐずぐずしてはいられないぞと、俊太郎はいそがしくあたりを見まわす。

と、まず目についたのは、大きな仕事台、一列にならんだ試薬ビン、その他さまざまな機械器具が雑然とならんでいるわきに、大きな陶器の水盤がある。のぞいてみると、花でもいけてあったのか、丸い葉が二つ三つ浮いていた。

なんだろうと俊太郎はちょっと首をかしげたが、思いなおしてこんどは机のひきだしをひらいてみた。するとなかからでてきたのは一冊の日記帳。俊太郎は胸をとどろかせて、人殺しのあった日のページをひらいて見たが、べつにかわったことも書いてなかった。

昼すぎに志摩家へ行ったこと、夜、史郎がきたこと、帰りに由美へ花をみやげに持って帰ってもらったこと、ただそんなことが書いてあるばかりで何の手がかりにもならない。

俊太郎は失望してバッタリ日記帳を閉じた。だが、そのとたん、彼は全身の毛が一時にゾーッとそば立つような恐怖にうたれた。──仕事台の上にある、大きな試薬ビンの表面に、くっきりとうつっているのは一本の腕。

だれかが押し入れのなかにひそんでいたのだ。ソロソロとドアをひらいて、腕はしだいにのびてくる。腕から胸、胸から顔、ビンのうえにうつしたゆがんだ映像は、クモのように両手をひろげて俊太郎のうしろからせまってくる。

くせ者がさっとおどりかかったのと、俊太郎が身をかがめたのと間髪をいれぬしゅんかん、二つのからだはもんどりうって床にころげた。

　とまり木にとまっていたオウムは、ふたたびいきり立って、きちがいのように舞いくるう。床のうえでは、二つのからだが必死となってもみあっていたが、やがて俊太郎の力がまさっていたのか、馬乗りにねじふせていた。

　相手はすでに観念したのか目を閉じ、歯をくいしばったままグッタリしている。どんな凶悪な男かと思ったのに、これはまた意外、俊太郎と同じ年ごろの、いかにも善良そうな青年。いくらかおもやつれがして、ひげも少しのびていたが、見おぼえのある顔だ。はてだれだろう。だれに似ているのかしらと、首をかしげた俊太郎のあたまに、サッとひらめいたのは由美の顔。

「あっ、きみは深尾史郎くんですね」

　叫ぶと同時に、俊太郎はサッととびのいた。

赤い露

　その男は、はたして由美の兄だった。

　犯人は、いつか、悪いことをした現場へ舞いもどってくる。——そういうことばを信じた史郎は、親友を殺した男が、いつかこの実験室へやって来はしないかと、毎晩、あの押し入れのなかにしのんで待ちかまえていたのだ。

「深尾くん、いいところで会ったね。ぼくはきみの味方だよ。由美さんにたのまれて、真犯人をさがしていたところなんだ」

史郎はヨロヨロと床からおきあがると、ひしとばかりに両手で頭をかかえ、

「ああぼくはもうだめだ」

と、深くためいきをつく。

「だめ？　なにがだめなんだ」

「ぼくはね、きみのすがたを見たとき、てっきり犯人だと思ってどんなによろこんだろう。しかしそのよろこびも水の泡、犯人はとてもつかまらぬ。ぼくは――ぼくはもうだめだ」

「ばかな、犯人はかならず、ぼくがとらえて見せる。そしてきみの研究を完成させるのだ」

「ありがとう」

史郎は力なく首をふって、

「しかし、ぼくには金がない。今までは波越くんがめんどうを見てくれたけど、こんなことになっては、だれが金を出すでしょう」

「深尾くん、ぼくにまかせておきたまえ。かならず研究がつづけられるようにしてあげる」

俊太郎は力強く史郎の肩をゆすぶった。そのとき、ふと彼の注意をひいたのは、さっ

きからオウムがしきりにどなっている異様なことば。

「ハハハ、アカイツユ、ハハハ、アカイツユ」

まるであざ笑うような声音(こわね)なのだ。

「史郎くん、アカイツユとはなんだろう」

「さあ、ぼくにもさっぱりわからない。やっこさん、近ごろしきりにあんなことをいっているんだ。そうそう、なんでも波越くんが殺されたその翌日からだ。ぼくもちょっと妙に思っているんだ」

「なに？　波越くんが殺された翌日からだって？」

ああ、そこになにか秘密があるのではあるまいか、アカイツユ――赤い露――？

「史郎くん、赤い露とはルビーではないかしら」

「そうかもしれない。しかし、オウムがどうしてそれを知っているんだろう。波越くんはルビーの紛失については、なにもしらなかったはずだもの」

「いや、知っていたんだ。波越くんは気がついたんだ。しかしなぜ、ルビーと教えずに、赤い露と教えたのだろう。ルビーが赤い露のように見えたというわけかしら」

そのしゅんかん、彼はハッとしたようにとびあがると、つかつかと水盤のそばへよって、丸い葉っぱをすくいあげた。

「わかった史郎くん、きみは志摩家の電話番号を知らないかね」

幸い史郎が知っていたので、俊太郎はすぐさま実験室の電話をとりあげたが、そのようすがあまり異様なので、史郎は何ごとが起こったのかと、そばで目をパチクリさせている。

　志摩家では秘書の日疋が電話口に出た。

「ああ、日疋さんですか。実はルビーのことについて、ちょっと、おたずねしたいことがあるんです」

「ルビーですって？　ルビーがみつかりましたか」

「いや、まだみつかりませんが、見つかりそうな気がするんです。で、おたずねというのは、お宅にスイレンの花が咲いていますか」

　質問があまり突飛だったので、日疋秘書もびっくりしたらしい。

「スイレンなら池にいっぱい咲いていますよ」

「ありますか。しめた。で、その池とルビーの置いてあったへやとどのくらい離れていますか」

「なに、すぐそばです。窓のすぐ下が池ですよ」

「しめたっ、ありがとう」

　俊太郎はいきおいよく電話を切った。史郎はびっくりしたように、

「いったい、スイレンがどうしたというんです」

「わからない？　ルビーを盗んだやつは、ひとがくるようすにあわてて、窓からそれをスイレンの花のなかにかくしたんだ。ところが、ちょうどそこへ、恭助くんが庭の方か

らやってきた。はてな、あの赤い露はなんだろう、そう思いながらそばへよってきたが、よくその正体を見定めないうちに、スイレンの花がすっぽりとすぼんでしまった。恭助くんはまさかそれがルビーとは知らぬものだから、そのまま、赤い露を抱いたスイレンの株をもって帰ったんだよ」

「あ、そうだ」

史郎もこうふんして叫ぶ。

「そういえば、あの日波越くんは、志摩家から一株のスイレンを持って帰っていましたよ」

「そうでしょう、そうでしょう！」

俊太郎は有頂天になって、

「だからその夜、犯人がルビーを取り返しにきたんだ。恭助くんは犯人と、押し問答をしているうちに、ハッとさっき見た赤い露を思い出したのだろう。そこで、ハハハ、赤い露、ハハハ、赤い露、だと相手を馬鹿にするように笑ったんだ。その声がよほど印象的だったとみえて、オウムがすっかりおぼえてしまったんだ。さて、犯人は恭助くんを殺して、スイレンの花を持ちさった。――」

「ちがう、ちがう、犯人はスイレンの花を持ってゆきはしなかった！」

ふいに史郎がさえぎったので、こんどは俊太郎がビックリした。

「え？　それはどうしてだい」

「だって、そのときには、スイレンはすでにこの家にはなかったのだもの。きみはさっき波越くんの日記を読んでいたろう、あれになんと書いてあった？　由美へのみやげに花をことづけた——と。つまりあの晩、ぼくがそのスイレンをもらって帰ったんだよ」

「あっ！」

叫ぶと同時に、俊太郎と史郎のふたりは実験室からとび出していた。いうまでもなく、由美のもとへ——。スイレンのところへ——。

きらめく宝石

だが、そのころ、由美の家でもちょっと変なことがおこっていた。

史郎の身を案じ、俊太郎の約束をおもい、由美がひとりで胸をいためているところへ、やって来たのは黒めがねの刑事。刑事は家じゅうかきまわしたあげく、庭のすみからスイレンをもちさったのだ。

由美はそのときまで、すっかりこの花のことを忘れていたのである。

史郎が持ち帰ったときは、夜のこととて、ひっそりと花びらを閉じているのを、由美はそのまま庭のすみのカメのなかへいけておいた。ところがその翌日があのさわぎなのだ。スイレンどころの話ではない。由美はだからきょうまでのぞきもしなかったのに、それを刑事がさも大事そうに持ち帰ったのだから、びっくりしているところへ、ひと足ちがいに、血相かえてとびこんできたのは史郎と俊太郎。

「あら、おにいさん！」

「由美、スイレンは？　あのスイレンは？」

　きくことばさえ史郎はもどかしそう。由美はいよいよおどろいて、

「まあ、おにいさま、あのスイレンがどうかしましたの？　たった今、刑事さんが持って行きましたけど」

「しまった！」

　と叫んだ俊太郎と史郎のふたりは、はや表へとびだしている。由美もあわててそのあとからついて行った。

「おにいさん、いったい、これはどういうことなの？」

「由美さん、刑事がきたのはいつごろ？」

「たったいまよ。あ、むこうへいくあのひとよ」

　由美の声がきこえたのか、あやしい男はサッと角をまがると、そこには一台の自動車。男はそれにとびのると、ハンドルをにぎって一目散。

「しまった、しまった、とり逃がした」

　俊太郎が地だんだ踏んでくやしがっている、ちょうどそのとき、天の助けか、通りかかったのはタクシーの空車。三人はそれにとびのると、疾風（しっぷう）のごとく前の自動車を追っていく。

ギリギリと歯ぎしりをしたくなるような追跡なのだ。前方を見つめた史郎と俊太郎のひたいには、タラタラとたきのような汗。心臓が風船のように、ふくらんで、ハッハッとはげしい息づかい。由美は不審らしく、

「それじゃあれは刑事じゃなかったの？」

「むろんにせ刑事だよ。あいつこそ恭助くんを殺した犯人なのだ」

「それにしても、あいつ何者だろう。どうして今夜まであのスイレンを取りにこなかったのだろう！」

「深尾くん、ぼくもそれを考えていたんだが、ようやく謎がとけたよ」

クッションのうえで、マリのようにからだをはずませながらも、俊太郎の物語。

「あいつは今夜まで気がつかなかったんだ。あいつはね、スイレンのなかへルビーをかくしたのじゃなく、あわてて窓から外へ投げ出したんだ。それがうまく花の上にのっかった。そんなこととは知らぬものだから、恭助くんが知っていてルビーを持ち帰ったものと思いこみ、そして、その晩しのんでいったんだ。恭助くんは相手が気づかないのをこっけいに思いながら、赤い露、赤い露といってからかったんだよ」

「しかし、今夜どうして気がついたのかしら」

「史郎くん、さっきぼくがかけた電話へ出てきたのは日疋秘書だぜ」

「あっ、ではあいつが！」

「そうなのだ。ぼくがあまりしつっこくスイレンのことを聞くものだから、あいつは、

はじめて気がついた。しかもあの男、恭助くんを殺したあとで、日記を読んでいたのだから、きみがスイレンを持って帰ったことをちゃんと知っていたんだ」

史郎にも由美にもそれはあまりにも意外な発見だった。しかも俊太郎の推理には、一点のすきもない。ああ、志摩氏の秘書こそルビーを盗み、恭助を殺した凶悪無残な犯人だったのだ。

二台の自動車は夜のやみをついて、弾丸のようにとんでいく。ひとも家も電柱も風のようにあとへあとへと消えていく。

やがて前の自動車は、ハンドルをまわして急カーブを切った。と、そのとたん、大地をゆるがす轟然たる音響、パッとさくれつするすさまじい焔、トラックと正面衝突したのである。

おもわず目をおおった三人は、すぐ気をとりなおして、自動車からとび降りると、道ばたに倒れている日疋のからだを抱きおこした。見ればその手に、しっかりとにぎられているのはスイレンの花。

「由美さん、その花をひらいて見たまえ」

由美はわななく指で、そっと花びらをおしひらいた。

と、そのとたん、やわらかい芯につつまれていたルビーが、それこそ赤い露のように、花びらをすべって、ツルリと由美の手のひらにこぼれ落ちたのである――。

志摩夫人は、約束どおり百万円のお札を俊太郎にわたした。俊太郎はそれを由美ににぎらせながら、やさしくこうささやいたという。

「由美さん、これはきみのものだよ。だってルビーを抱いていたスイレンは、恭助くんからきみに贈られた花なんだから、……きみのにいさんの尊い研究には、どうしてもお金が必要なんだからね」

解説

山村正夫

横溝正史先生のことを、最後の探偵作家と評したのは、評論家の中島河太郎氏である。むろんこれは、現役作家の中でという意味にほかならない。戦前からの探偵作家としては横溝先生のほかに、角田喜久雄・渡辺啓助・水谷準の三先生が未だ健在だが、いずれも執筆活動からは遠ざかられて、既に久しい年月が経つ。

その中で横溝先生ただ一人が文字通り孤軍奮闘の形で、目出たく七十七歳の喜寿を迎えられた現在もなお、現役の戦列に在って新作「悪霊島」の連載の筆を執っておられるのだから、老武者の若々しい情熱と覇気には脱帽せざるを得ない。八十三歳まで精力的に作品を書きつづけた、ミステリーの女王アガサ・クリスティー女史の記録に迫るのもあと一歩なのである。

横溝先生が弱冠十九歳で「新青年」の懸賞に応募、処女作の「恐ろしき四月馬鹿」が入選したのは、大正十年の四月だった。したがって、作家生活は実に半世紀以上の長きにわたるわけで、これまた驚異でしかない。

その息長い執筆活動を通じて生み出された作品群はおびただしい数に上るが、それを分類するにはいろいろなパターンがあると思う。

まず作風で分ければ、戦前と戦後の二通りに大別できる。

戦前の作品は華麗な美文調の文体とロマンチシズムの香気に溢れた耽美的な変格物が多く、「鬼火」「真珠郎」などの中編のほか、短編では「面影双紙」「蔵の中」「かいやぐら物語」などが代表作だった。

戦後は従来からの妖美耽異の世界に、論理性やトリックを融合させ、土俗的な犯罪を描いて独自の領域を切り拓き、日本に本格探偵小説の黄金時代をもたらす機運をつくられた。「本陣殺人事件」「八つ墓村」「獄門島」「悪魔が来りて笛を吹く」「悪魔の手毬唄」などの一連の長編が、その路標的な名作といっていい。

次に名探偵による分類ができそうだ。

戦前の作品は、警視庁の元捜査課長で〝由利先生〟と呼ばれる由利麟太郎や新日報社の記者三津木俊助が、単独もしくはコンビで活躍するものが多かった。「夜光虫」「首吊船」「白蝋少年」。戦後では「蝶々殺人事件」がそうである。だが、「本陣殺人事件」が初登場して以来、いちやく有名になったのが名探偵金田一耕助で、以後はほとんどすべてが金田一物になっている。

この金田一耕助を側面的に助けるのが、岡山県警の磯川警部と警視庁の等々力警部である。「本陣殺人事件」をはじめ、「八つ墓村」「獄門島」「悪魔の手毬唄」など岡山県を舞台にしたものは、磯川警部が気心の知れたよき女房役を果たし、「悪魔が来りて笛を吹く」や近作の「仮面舞踏会」「病院坂の首縊りの家」などは、等々力警部が無二のパートナーをつとめて捜査の協力者になっているといった具合だ。

ところで、ジュニア物の方はどうかというと、三津木俊助、金田一耕助のほかに当然のことながら、勇敢な少年の主人公がシリーズ・キャラクターとして登場する。その代表選手的な存在が、金田一耕助の片腕として、子供とは思えない俊敏さと機智をそなえた立花滋少年と野々村邦雄少年、それに新日報社の給仕で〝探偵小僧〟のあだ名を持ち、大人の記者も顔負けの敏腕な働きをする御子柴進少年の三人だろう。

立花君と野々村君は中学二年生、御子柴君は中学を卒業したばかりで、どちらもほぼ同じ年頃の少年である。

立花少年が活躍する事件には「大迷宮」（昭和26年）「金色の魔術師」（昭和27年）、野々村少年には「黄金の指紋」（昭和28年）があり、一方、御子柴少年が手柄をたてた事件には、「夜光怪人」（昭和24年）「真珠島」「白蝋仮面」（昭和29年）「獣人魔島」（昭和30年）のほか、本書の「蝋面博士」がある。そして、これらのどの事件にも磯川警部は顔を見せず、警察側の指揮者は常に等々力警部なのである。

それというのも、ジュニア物にはかならずといっていいほど無気味な怪人が登場するが、その暗躍の場所は地方よりも警視庁管下の東京の方が多いので、自ずとそうなったものに違いない。ただ物語の設定上、大人物以上に名探偵や主人公の少年の颯爽とした面を強調しなければならないから、脇役である等々力警部の印象が、いささかぼんくらに見えるのは致し方ないだろう。

「蝋面博士」は横溝先生が昭和二十九年に書かれた作品で、御子柴進少年が名探偵金田一耕助と組んで、悪人一味と戦うのだ。もっとも耕助はアメリカへ行っていて物語の後半にしか姿を見せないから、前半は文字通り〝探偵小僧〟の独壇場である。

この〝探偵小僧〟のニックネームは、横溝先生がガストン・ルルウの「黄色の部屋」を読んで思いつかれたのかもしれない。「黄色の部屋」では、レポック社の少年記者ルールタビイユが名探偵ぶりを発揮するが、彼のあだ名が〝ゴムマリ小僧〟なのだ。

本書の発端の怪事件は、寒い冬の季節に起こった。

社の用事で有楽町から日比谷の方角へ自転車を走らせていた御子柴少年が、たまたま二台のトラックの衝突事故に行き遭ったところ、その一台から落ちた木箱に女の蝋人形がつまっていて、その下から紫色をした本物の女の死体が現われたのである。

そのショッキングな事件を皮切りに、御子柴少年は蝋面博士の恐ろしい猟奇犯罪に巻き込まれてしまう。蝋面博士は蝋細工のように無気味な顔をして、シルクハットにえんび服という奇妙ないでたち、弓のように腰の曲った怪人だが、彼は死体を煮たてた蝋の鍋につけて蝋人形を作り、それを次々に人前に晒して快哉を叫ぶのだから、常軌を逸したアブノーマル人間としか言いようがない。しかも最初は大学病院から盗み出した死体を使っていたのが、それだけでは飽き足りなくなり、高杉アケミという銀座の花売り娘や、東都劇場に出演中のミュージカルのスター、オリオンの三姉妹の命を狙うという無差別ぶりを発揮する。

まさに狂気の振舞いだが、その企みには大それた意図があった。蝋面博士の気違いじみた犯行の真の目的は何であったのか？　それが本書の最大の興味の焦点になっているのは言うまでもない。

いま一つの見所は、御子柴少年と新日報社の競争紙である東都日日新聞の花形記者田代との、しのぎを削る功名争いだ。御子柴少年は田代記者に危機一髪の瞬間を助けられたり、逆に彼の鼻をあかしたりする。物語の後半に名探偵金田一耕助が帰国し、さしもの怪事件も一挙に解決されるが、耕助の手で明らかにされた蝋面博士の意外な正体と、犯罪目的の異常さには読者もあっと言わされたことだろう。

W・P・マッギヴァーンの「緊急深夜版」の結末に似ているが、私もかつて事件記者をしたことがあるので、この犯行の動機には切実な共感を覚えずにはいられない。

本書にはこの「蝋面博士」のほかに、三編の短編が添えてある。

「黒薔薇荘（くろばらそう）の秘密」は、「少年クラブ」の昭和二十四年八月増刊に発表されたもので、トリッキイな要素に重点を置いた本格仕立ての作品である。

本編の主人公は、富士夫という中学二年生の少年だ。富士夫は夏休みを利用して伯父さんの小田切博士に連れられ、伊豆半島のとある温泉場へ避暑にやってきたが、ハイキングに出かけた際、黒薔薇荘というヨーロッパの古城のような別荘を訪ねたところから、不思議な事件に遭遇するのである。

その夜、富士夫が泊った部屋の大時計から、奇怪なピエロが姿を現わし麻酔薬を嗅がされてしまった。ところが、朝調べてみると、大時計の向うは廊下なのだ。その悪夢のような出来事の謎解きが、本編のキーポイントで、その裏に一年前の夏に起こった黒薔薇荘の持主で迷路研究家古宮一麿元子爵の奇怪な消失事件と、宝石を狙う悪人の工作がからんでいる。鏡を利用した錯覚トリックが巧みに使われていて、不可能興味を弥が上にも盛り上げているといっていい。

「燈台島の怪」は、「少年クラブ」の昭和二十七年八月増刊に載った短編である。

金田一耕助と助手の立花滋少年シリーズの一編で、やはり不可思議な人間消失事件を扱ったものだ。伊豆半島の南端S村の沖合いに浮かぶ、燈台島と呼ばれる孤島にやってきた野口清吉という旅人が、嵐の夜、煙のように消えてしまった。燈台守にたのまれて金田一耕助と滋少年は事件の解明に乗り出すが、それから一週間後、どこからともなくやつれはてて現われた野口は、耕助が助け起こしたときは既に息絶えていた。

金田一耕助は、野口の左腕の奇妙ないれずみと、紙入れから発見された不規則に四角な穴が切り抜いてある紙きれ、それにS村の山海寺に奉納されているおまじないみたいな文字を書いた額から、燈台島に眠る金塊の秘密を探り出すのである。

絶海の孤島という一種の密室状況における人間消失事件の怪異と、それ以来、夜な夜な地底から聞えてくるという異様な叫び声。野口の死につづき、燈台の燈内にある分銅に縛りつけられて見つかった義足の男の死体。

それらの醸し出す無気味なムードが息もつかせないが、加えて暗号の謎解きにも作者の趣向が凝らされていて、その意味でも堪能させられる作品になっている。

「謎のルビー」は昭和二十九年に書かれた短編。名探偵藤生俊策の息子俊太郎が、銀座の花売り娘深尾由美の不思議な行動に興味を持ったところから、彼女の兄の発明家深尾史郎の冤罪を晴らして手柄をたてる物語である。

有名な実業家志摩貞雄の夫人貞代が持つ、時価何千万円もする高価なルビーが紛失したが、事件の鍵を握る夫人の従弟の波越恭助が実験室で殺され、その現場に血まみれの短刀を持った史郎がいた。彼は波越と発明にからんだ共同事業をしていたので、疑いをかけられてしまうのだ。だが、史郎は殺人はもちろん、ルビーのことも何も知らないという。

真犯人の追及とルビーの行方の探索。それが本編の謎の焦点だが、藤生俊太郎は実験室に飼われていたオウムのカタコトの言葉から、ルビーの隠し場所に気づき、意外な犯人をつきとめるのである。

宝石の隠し場所としては、これまで赤インクの中やマドロス・パイプなどさまざまなトリックが案出されているが、本編にも予想外のトリックが使われていて、作者の着想の妙が際立っている。

以上三編の短編はいずれも本格物のミステリーだが、横溝先生のその種の作品をさらにトリック別に分類してみるのも面白いかもしれない。

本書は、昭和五十四年六月に小社より刊行した文庫を改版したものです。なお本文中には、人夫、気がくるう、気ちがい、浮浪者、土方など今日の人権擁護の見地に照らして使うべきではない語句があります。しかしながら、作品全体として差別を助長する意図はなく、執筆当時の時代背景や社会世相、また著者が故人であることを考慮の上、原文のままとしました。

（編集部）

蝋面博士

横溝正史

昭和54年 6月25日 初版発行
令和4年 9月25日 改版初版発行

発行者●堀内大示

発行●株式会社KADOKAWA
〒102-8177 東京都千代田区富士見2-13-3
電話 0570-002-301（ナビダイヤル）

角川文庫 23329

印刷所●株式会社暁印刷
製本所●本間製本株式会社

表紙画●和田三造

ISBN 978-4-04-112913-5 C0193

◇◇◇

角川文庫発刊に際して

角川源義

第二次世界大戦の敗北は、軍事力の敗北であった以上に、私たちの若い文化力の敗退であった。私たちの文化が戦争に対して如何に無力であり、単なるあだ花に過ぎなかったかを、私たちは身を以て体験し痛感した。西洋近代文化の摂取にとって、明治以後八十年の歳月は決して短かすぎたとは言えない。にもかかわらず、近代文化の伝統を確立し、自由な批判と柔軟な良識に富む文化層として自らを形成することに私たちは失敗して来た。そしてこれは、各層への文化の普及滲透を任務とする出版人の責任でもあった。

一九四五年以来、私たちは再び振出しに戻り、第一歩から踏み出すことを余儀なくされた。これは大きな不幸ではあるが、反面、これまでの混沌・未熟・歪曲の中にあった我が国の文化に秩序と確たる基礎を齎らすためには絶好の機会でもある。角川書店は、このような祖国の文化的危機にあたり、微力をも顧みず再建の礎石たるべき抱負と決意とをもって出発したが、ここに創立以来の念願を果すべく角川文庫を発刊する。これまで刊行されたあらゆる全集叢書文庫類の長所と短所とを検討し、古今東西の不朽の典籍を、良心的編集のもとに、廉価に、そして書架にふさわしい美本として、多くのひとびとに提供しようとする。しかし私たちは徒らに百科全書的な知識のジレッタントを作ることを目的とせず、あくまで祖国の文化に秩序と再建への道を示し、この文庫を角川書店の栄ある事業として、今後永久に継続発展せしめ、学芸と教養との殿堂として大成せんことを期したい。多くの読書子の愛情ある忠言と支持とによって、この希望と抱負とを完遂せしめられんことを願う。

一九四九年五月三日